Stefanie Heckl

Mörderische Glühweinrunde

24 Rätselkrimis im Advent

Mörderische Glühweinrunde

24 Rätselkrimis im Advent

benno

Bibliografische Information der Deutschen Nationalbibliothek
Die Deutsche Nationalbibliothek verzeichnet diese Publikation in der Deutschen Nationalbibliografie; detaillierte bibliografische Daten sind im Internet unter http://dnb.d-nb.de abrufbar.

Besuchen Sie uns im Internet:
www.st-benno.de

Gern informieren wir Sie unverbindlich und aktuell auch in unserem Newsletter zum Verlagsprogramm, zu Neuerscheinungen und Aktionen.
Einfach anmelden unter www.st-benno.de.

ISBN 978-3-7462-5764-8

Umschlaggestaltung: Rungwerth Design, Düsseldorf
Umschlagabbildung: © Biscotto Design/Shutterstock,
Innenteil: © jagoda/Shutterstock, © VKA/Fotolia
Gesamtherstellung: Kontext, Dresden (A)

Auf Verbrecherjagd im Advent

Ob Kommissar Harald Bloch die Adventszeit mag? – Ja und nein. Einerseits ist er ein gemütvoller Mensch und kann der Botschaft von Weihnachten durchaus etwas abgewinnen. Gott kommt als kleines Kind zur Welt – das hat schon was! Wenn man das Ganze mit etwas weniger Kitsch und „Jingle Bells“ ausschmücken würde, wäre es seiner bescheidenen Meinung nach allerdings noch besser. Aber er ist tolerant. Soll jeder so den Advent begehen, wie er das für richtig hält, solange es legal ist. Kurz gesagt: Ja, der Kommissar mag den Advent. Andererseits scheinen ihm die Menschen gegen Jahresende besonders unter Druck zu stehen. Viele sind gereizter und manche auch skrupelloser als sonst. Er hat das Gefühl, dass im Advent mehr geraubt, erpresst und gemordet wird als zu jeder anderen Zeit im Jahr. Beschwören kann er es nicht; dazu müsste er mal in den Statistiken nachsehen. Aber dazu ist ja überhaupt keine Zeit! Deswegen ist er auch jedes Jahr wieder ganz froh, wenn der Dezember überstanden ist und ein wenig Ruhe einkehrt. Jeden Tag im Advent ein neues Verbrechen, das ist keine Seltenheit!

Zum Glück kann Kommissar Bloch viele Fälle rasch lösen. Seine kleinen grauen Zellen funktionieren eben gut – besonders wenn er noch etwas Kaffee nachkippt. Dabei ist das, was er in der Verbrechensbekämpfung leistet, nicht so außergewöhnlich. Er ist sich ziemlich sicher, dass die Leser dieses Buches viele der geschilderten Fälle ebenso rasch aufklären können wie er.

Sehen Sie das als Einladung, in den kommenden 24 Tagen bis zum Heiligabend jeden Tag einen Fall an der Seite von Kommissar Harald Bloch (Sie können ihn auch einfach Harry nennen) aufzuklären! Sollte ein Fall doch zu knifflig sein, dann finden Sie am Ende des Buches alle Auflösungen. Und nun: eine spannende Adventszeit!

Ein krimineller Kleingärtner

Der Drogenmarkt in der Stadt war vielgestaltig. Meist waren hier nur die Zwischenhändler zugange, die Marihuana, Kokain, Crystal Meth oder LSD lagerten und weiterverkauften, aber manchmal geriet Kommissar Harald Bloch auch an einen Produzenten. In diesem Fall kam der heiße Tipp von einem Kleingärtner, der die Beamten auf ein Gewächshaus in der Kleingartenanlage „Am sonnigen Stellwerk e.V." hinwies, in dem Hanfpflanzen angebaut wurden.

Hans Meyer war Frührentner und hatte seinen Garten in einer Schrebergartenanlage gleich hinter den Bahngleisen am nördlichen Stadtrand. Minütlich donnerten hier die Züge vorbei und wegen der Lärmbelästigung war die Kleingartenanlage nicht sonderlich beliebt. Viele Parzellen waren unverpachtet. In seinem eigenen Garten, der der Jahreszeit entsprechend kahl, aber gepflegt war, gruppierten sich die Beete um einen kleinen Teich. Das Wasser war abgelassen und ein künstlicher Reiher stand auf dünnen Beinen einsam am Ufer.

Hans Meyer, komplett in Rentnerbeige gekleidet, hatte der Polizei die genaue Lage der Hanfplantage gut beschrieben: Am äußersten Rand der Anlage zwischen zwei leer stehenden Parzellen stand dort in einem Garten ein Gewächshaus hinter einem dichten Fliederbusch. Im Sommer mochte es durch den Busch gar nicht zu sehen sein, aber jetzt fiel es doch ins Auge. Besonders durch die gute Beleuchtung von innen.

Als die Beamten das Gewächshaus aushoben, war der Aufwand beachtlich. Zusätzliche Heizkörper hatten die Temperatur auf konstant 23 Grad Celsius gehalten. Modernste Leuchten sorgten für ausreichend Licht, ein Belüftungssystem aus mehreren Ventilatoren schützte im Sommer vor Überhitzung. Im Gewächshaus war es sehr feucht, sodass die Scheiben vollständig beschlagen waren. Die Pflanzen – wohl die letzte Ernte in diesem Jahr – wurden vernichtet und der Besitzer verhaftet. Clemens Riedel, 65 Jahre alt und ehemaliger Biologie- und Sportlehrer, gab zwar zu, die Hanfpflanzen angebaut zu haben, schwieg aber beharrlich über Kunden, Vertriebswege oder Partner. Er behauptete, das meiste selbst geraucht und manchmal etwas an Freunde verschenkt zu haben.

Welche Freunde das denn seien, wollte der Kommissar wissen, doch auch darauf zuckte Herr Riedel nur mit den Schultern und schwieg.

„An dem werden wir uns noch die Zähne ausbeißen", sagte Kommissar Jaschke entnervt nach der Vernehmung.

„Lassen wir ihn ein bisschen in Untersuchungshaft schmoren", meinte Kommissar Bloch gelassen. „Nach einer Weile kommt sein Gedächtnis hoffentlich zurück. In der Zwischenzeit sollten wir diesen Meyer befragen. Vielleicht hat der noch mehr beobachtet."

Hans Meyer schien tatsächlich ein sehr guter Beobachter zu sein. Er beschrieb allerhand Personen, die im Laufe der letzten Monate an seiner Parzelle vorbei in die Kleingartenanlage gegangen waren, aber ganz klar keine Vereinsmitglieder vom „Sonnigen Stellwerk e.V." waren. Er gab einige sehr detaillierte Personenbeschreibungen zu Protokoll und

erinnerte sich im Groben an mindestens fünfzehn Verdächtige. Kommissar Bloch staunte. Der Mensch musste über ein Elefantengedächtnis verfügen!
„Und bei diesem ständigen Besucherfluss sind Sie nicht misstrauisch geworden und haben mal nachgefragt? Oder selber nachgesehen?“, fragte er.
„Ach wo, ich misch mich da nicht ein. Ich hab nur meine Beobachtungen gemacht.“
„Aber irgendwann war Ihnen klar, wohin die alle wollten.“
„Jaaa“, sagte Meyer gedehnt und zögerlich. „Ich hab dann irgendwann schon mal nachgesehen. Aber viel zu sehen war ja nicht hinter diesem Gebüsch. Und dann waren die Scheiben vom Gewächshaus auch ständig beschlagen.“
In seinen Händen drehte er eine beigefarbene Schiebermütze. Sein schwarzes Haar hing ihm in dünnen, fettigen Strähnen um seine Halbglatze.
„Wie sind Sie Ihrem Nachbarn denn dann auf die Schliche gekommen? Haben Sie ihn mal angesprochen?“
„Nein. Na ja, doch, aber nur kurz. Hab bloß mal gefragt, was er da im Gewächshaus züchtet. Und er behauptete: Tomaten und Gurken. Das hab ich erst mal so hingenommen und nicht weiter nachgebohrt. Geht mich ja auch nichts an.“
„Und wie haben Sie dann herausbekommen, was da läuft?“
„Ja, das war erst vor ein paar Tagen. Ich hab den Garten winterfest gemacht. Wasser abgestellt und so weiter. Da seh ich, dass der Riedel die Anlage verlässt. Und als ich später selbst auch nach Hause will, da denke ich: Guckst du noch mal nach. Und das Gewächshaus immer noch hell erleuchtet. Ende November! Ich also über den Gartenzaun gestiegen und hin. Die Scheiben wie immer beschlagen, aber ich hab von außen abgewischt, sodass man reinsehen

konnte. Und da hab ich das ganze Grünzeug gesehen, also diese Haschpflanzen. Und da war mir alles klar."
Kommissar Bloch nickte ein paarmal, ohne etwas zu sagen. Er betrachtete den Mann vor sich, eigentlich eine etwas klägliche Gestalt mit seiner farblosen Kleidung. Er wirkte nicht so, als ob er auf ein erfülltes Leben zurückblickte. Und dann war er zu allem Überfluss auch noch in Drogengeschäfte verwickelt. Ein Jammer!
Warum denkt Kommissar Bloch, dass Hans Meyer nicht die Wahrheit sagt?

Diamanten vermisst

Im Haus der Eheleute Fahlberg war eingebrochen worden. Martina und Bernhard Fahlberg hatten sich direkt nach der Arbeit mit Freunden auf dem Weihnachtsmarkt getroffen und waren erst gegen 21 Uhr nach Hause gekommen. Da hatten sie die Bescherung gesehen: Die Diebe waren über die Terrasse gekommen, hatten das Wohnzimmerfenster eingeschlagen, den Safe hinter ein paar Büchern im Bücherregal gefunden, ihn komplett aus der Wand gerissen und im Ganzen mitgenommen. Die Fahlbergs hatten umgehend die Polizei verständigt und so stapfte Kommissar Bloch nun mit einer starken Taschenlampe durch den Garten und machte sich ein Bild von dem Einbruch.

Der niedrige Gartenzaun stellte überhaupt keine Hürde für Einbrecher dar. Der Weg seitlich am Haus vorbei bis zur Terrasse war gepflastert. Fußspuren gab es hier keine. Auch der Garten hinterm Haus wirkte sehr zugebaut. Große Flächen waren mit weißen und schwarzen Kieselsteinen bestreut. Ein Bereich war als Grillplatz zubetoniert. Also auch hier: keine Chance auf Fußspuren. Nur weiter hinten im Garten gab es ein wenig Rasen.

Auf der Terrasse vor der zerbrochenen Scheibe glitzerten Tausende Glassplitter im Licht der Taschenlampe. Sorgfältig betrachtete Bloch die übrig gebliebenen Glasscherben, die noch im Fensterrahmen steckten. Nirgends eine

Spur von Blut oder Stofffasern. Der Kommissar zog es vor, den normalen Weg durch die Haustür hinein zu nehmen. Auf den ersten Blick war alles verwüstet, doch man sah auch, dass die Einbrecher schnell gehandelt hatten. Die Jacken und Mäntel im Flur waren von der Garderobe gerissen und auf dem Boden verteilt worden, aber Spiegel und Bilder waren heil geblieben. Im Wohnzimmer waren die Bücher aus dem Regal gerissen und auf dem Fußboden verteilt worden. Auch Sofakissen und die Krippenfiguren aus Olivenholz lagen auf dem Boden, aber Zerbrechliches war verschont geblieben. Hinter den Büchern im dritten und vierten Regalbrett war der Safe zum Vorschein gekommen. Nun gähnte hier ein hässliches Loch in der Wand.

„Was war denn im Safe?", fragte Kommissar Bloch.

„Also, erst mal Bargeld. Zweitausend Euro", sagte Herr Fahlberg.

„Aber viel wichtiger: der Familienschmuck", ergänzte seine Frau. „Zwei Diamantenohrringe, mehrere Goldringe mit Steinen, also Smaragde, Rubine und ein roter Opal. Dann die Perlenkette meiner Großmutter ..."

„Eine ganze Menge", stellte Kommissar Bloch fest. „War das denn alles versichert?"

„Natürlich", entgegnete Herr Fahlberg. „Das zahlt zum Glück alles die Versicherung."

„Aber der emotionale Wert!", rief Frau Fahlberg. „Da war noch ein Rosenkranz mit Elfenbeinkruzifix. Der stammt noch von meiner Ururgroßmutter. Die Stücke sind eigentlich unersetzlich."

„Tja", sagte der Kommissar, „so wie ich das sehe, kann der Schmuck nicht all zu weit sein." Was vermutet er?

Tod mit Seelsorger

Als Kommissar Bloch am Tatort eintraf, waren noch zahlreiche neugierige Nachbarn auf dem Gehweg vor dem Haus versammelt. Aber zumindest im Treppenhaus hatten die Kollegen für Ruhe gesorgt und den Tatort gut abgesperrt. In einer Wohnung im dritten Stock lag ein älterer Herr auf dem Wohnzimmerteppich. Sein Hemd war blutdurchtränkt und aus seiner Brust ragte ein großes Messer. Aus dem Augenwinkel registrierte der Kommissar einen traditionellen Herrgottswinkel mit einem hölzernen Kruzifix, das links und rechts von Marienbildern flankiert wurde.

Auf dem Tisch lagen eine Bibel, ein Brillenetui und ein Rosenkranz. Eine Tasse war umgekippt und hatte ihren Inhalt – vermutlich Kräutertee – auf die Tischdecke ergossen. Außer den beiden Kollegen von der Mordkommission und dem Arzt Dr. Schramm waren eine etwa fünfzigjährige Frau in einem blauen Kleid und rosa Pantoffeln und ein Pfarrer anwesend. Der Pfarrer trug ein schwarzes Hemd und darüber eine weiße Halsbinde, die vorn in zwei Rechtecken herunterhing und die, wie der Kommissar wusste, „Beffchen“ genannt wurde.

„Tod durch Erdolchen“, sagte Schramme überflüssigerweise zu Bloch und deutete auf den Mann am Boden.

Kommissar Bloch ließ sich den Vorfall rasch schildern:

Die Frau mit den rosa Pantoffeln war die unmittelbare Nachbarin des Ermordeten. Sie hatte, wenn er verreiste, oft auch seine Blumen gegossen und kannte ihn gut. Als sie an diesem Morgen einen schauderhaften Schrei aus der Nachbarwohnung gehört hatte, war sie nach einer Schrecksekunde sofort hinaus in den Hausflur geeilt, fand die Tür des Nachbarn nur angelehnt und stieß drinnen auf den Pfarrer, der entsetzt an der Türschwelle des Wohnzimmers stand.

Der Pfarrer gab an, dass der Mann eins seiner Schäfchen in der evangelischen Gemeinde sei und dass er zu einem Hausbesuch mit ihm verabredet gewesen sei. Gerade als er an der Tür klingeln wollte und sah, dass sie nur angelehnt war, ertönte von drinnen der Schrei. Sofort sei er in die Wohnung gestürmt, habe aber außer dem Toten niemanden gesehen. Allerdings stehe ja auch das Fenster offen. Wahrscheinlich sei der Mörder sehr rasch geflüchtet.

„Worum sollte es denn bei diesem seelsorgerischen Gespräch gehen?“, fragte Bloch mit verkniffenem Gesicht.

„Das ist vertraulich und fällt selbstverständlich unter meine Schweigepflicht“, antwortete der Pfarrer höflich, faltete die Hände und blickte demütig zu Boden.

„Wollte der Mann etwa konvertieren?“, fragte der Kommissar ungerührt weiter.

„Wie bitte?“ Der Geistliche sah ihn aus großen blauen Augen verständnislos an.

„Sie sind verhaftet“, sagte Bloch. „Ich wette, der Mann gehörte weder zu Ihrer Gemeinde noch sind Sie Pfarrer.“ – Woraus zog der Kommissar diesen Schluss?

Die liebe Erbtante

Der Anruf aus der Notaufnahme des Krankenhauses erreichte Kommissar Bloch am frühen Morgen. Am Vorabend war eine ältere Patientin eingeliefert worden, die ins Koma gefallen war. Offensichtlich eine Diabetikerin mit Zuckerschock. Die alte Frau Holbein war am Nachmittag mit ihrer Nichte ins Theater gegangen. Vorher waren sie essen gewesen. Die erste Vermutung des Arztes, dass die Dame vergessen hatte, Insulin zu spritzen, war aber falsch. Die Nichte, Dorothee Weiß, berichtete, dass sie ihre Tante extra zur Toilette begleitet und gesehen hatte, wie sie sich das Insulin spritzte. In der Handtasche von Frau Holbein fand sich tatsächlich auch eine leere Spritze. Eine kurze Untersuchung zeigte, dass in der Spritze kein Insulin, sondern eine schlichte Kochsalzlösung gewesen war. An diesem Punkt verständigte der Arzt die Polizei.
Als Kommissar Bloch im Krankenhaus ankam, stellte er überrascht fest, dass dort zwei Nichten in Tränen aufgelöst auf ihn warteten. Da die Tante Holbein medizinisch in besten Händen war, nahm er die beiden Nichten zur Befragung mit aufs Revier.
Dorothee Weiß erzählte, dass sie ihrer lieben Tante Elli ein langes Leben wünschte. Sie hätten diese schöne Tra-

dition, jedes Jahr im Advent gemeinsam schick auszugehen. Darauf habe sich Tante Elli immer gefreut. Sie sei schon sehr gebrechlich, aber zum Glück kümmere sich ihre andere Nichte, Eleonore, rührend um sie. Eleonore lebe mit im Haus der Tante und achte sehr darauf, dass sie ihr Insulin nehme. Sie habe auch vor dem Ausflug alles Nötige in die Handtasche von Tante Elli gepackt.
„Der Arzt sagt, die Spritze habe kein Insulin enthalten." Dorothee Weiß sah ihn aus großen Augen überrascht an.
„Sind Sie und Frau Haupt die einzigen Erben von Frau Holbein?", fragte der Kommissar.
„Ich ... äh, ich weiß nicht. Ich glaube schon", stammelte Frau Weiß und lief rot an. „Wieso fragen Sie das?"
„Könnte es sein, dass Sie die Spritze unterwegs ausgetauscht haben?", fragte Bloch ungerührt weiter.
„Ich? Wieso ich?", protestierte Frau Weiß lautstark. „Ich will doch Tante Elli nichts Böses! Wie kommen Sie denn darauf? Ich wüsste überhaupt nicht, wo ich so eine Spritze herbekommen sollte!"
„Ist Ihre Tante eigentlich wohlhabend?"
„Also, ich weiß nicht. Darüber haben wir eigentlich nie gesprochen. Sie hat natürlich das große Haus und ein paar wertvolle Schmuckstücke. Aber darauf kommt es doch gar nicht an!"
Kommissar Bloch bat die Frau, sich für weitere Aussagen zur Verfügung zu halten, und ließ die zweite Nichte hereinbringen.
Frau Eleonore Haupt war ebenso verweint wie Frau Weiß. Die beiden sahen sich überhaupt nicht ähnlich, wie der Kommissar jetzt feststellte. „Sind Sie eigentlich Schwestern?", fragte er.

„Ja, wir sind die Töchter von Tante Ellis Schwester. Ich weiß, wir sehen uns nicht besonders ähnlich. Wir sind auch sonst grundverschieden."
„Inwiefern?"
„Ach, in allem eigentlich. Charakter, Lebensführung, Interessen. Dorothee ist immer in der ganzen Welt unterwegs. Mir sind die Heimat und die Verantwortung für die Familie wichtiger."
„Deswegen wohnen Sie mit Ihrer Tante zusammen?"
„Ja, aber es ist ein großes Haus. Ich habe genug Platz für mich. Allerdings kümmere ich mich seit vielen Jahren um Tante Elli, während Dorothee einmal im Jahr auftaucht und sich großartig in Szene setzt. Sie ist ja auch die Lieblingsnichte."
„Und das ärgert Sie?"
„I wo."
„Das ärgert Sie vielleicht so sehr, dass Sie Ihrer Schwester einen Mordversuch in die Schuhe schieben wollen?"
Frau Eleonore Haupt protestierte: „Ich soll meine einzige Tante umbringen wollen? So ein Unsinn! Ohne sie wäre ich ja ganz allein. Ich denke, da steckt eher Dorothee dahinter. Die hatte es schon lange auf den Besitz von Tante Elli abgesehen! Und so ein bisschen Kochsalzwasser wird sie ja noch zusammenrühren können, auch wenn sie sonst zwei linke Hände hat."
Kommissar Bloch beruhigte Frau Haupt mit Mühe und bat sie, sich für weitere Vernehmungen zur Verfügung zu halten. Dann besorgte er sich einen Becher Kaffee aus dem Automaten. Die Brühe schmeckte zwar widerlich, half ihm aber beim Nachdenken. Er würde zwar noch dieses und jenes prüfen müssen, aber er hatte schon einen starken Verdacht. Welchen?

5

Sturz in den Tod

Mit den meisten Sportarten – abgesehen von Mannschaftssportarten, bei denen ein Ball vorkam – kannte sich Kommissar Bloch überhaupt nicht aus, und sie interessierten ihn auch nicht besonders. Um manche Sportarten zu betreiben, musste man seiner Auffassung nach ziemlich verrückt sein. Bergsteigen gehörte auf jeden Fall dazu.

Bei einer Tour in den Alpen war Gregor Hofstetter, ein Bergfreund aus Sachsen, ums Leben gekommen. Bei der Tour waren die Kletterkumpel Hansi Hahn und Tom Hendrich dabei gewesen. Später waren Zweifel aufgekommen, ob es wirklich ein Unfall gewesen war.

Nun saß Kommissar Bloch Herrn Hendrich gegenüber. Der war wie der Kommissar etwa Mitte fünfzig, aber im Gegensatz zu ihm sportlich und drahtig. Er wirkte, als würde er sich in Rad- oder Wanderklamotten wesentlich wohler fühlen als in dem hellblauen Hemd, in dem er zur Aussage erschien, und als hätte er sich die Haare vor vielen Monaten selbst geschnitten und seither selten gekämmt.

Harry Bloch störten solche Äußerlichkeiten nicht. Er hörte geduldig zu, wie dieser Herr Hendrich die Tour beschrieb. Sie hatten sich die „Pallavicinirinne“, eine steile Firn- und Eistour mit Kletterpassagen in der Nordwand des Großglockners, vorgenommen. Da am Vorabend der Fön einsetzte und dadurch die Gefahr von Lawinen sowie Eis-

und Steinschlag im Tagesverlauf zu groß gewesen wäre, hatten sie sich entschlossen, noch am Vorabend bis zur Biwakschachtel auf über 3000 Meter zu gehen. So konnten sie bereits vor Sonnenaufgang in die „Pallavicinirinne" einsteigen. Vier Stunden hätten sie gebraucht, berichtete der Bergsteiger, keine schlechte Zeit für diese technisch anspruchsvolle und hochalpine Tour. Alles sei wie am Schnürchen gelaufen. Oben hätten sie gegen 13 Uhr noch ein Gruppenfoto auf dem Gipfel gemacht, allerbestes Wetter, Bombenstimmung, hier sehe man noch, wie gut sie drauf gewesen seien. – Herr Hendrich zeigte ein Foto auf seinem Handy. Drei Bergsteiger waren darauf zu sehen. Allerdings konnte Kommissar Bloch von der guten Stimmung nicht viel erkennen. Die Männer wirkten erschöpft und guckten verkniffen in die Kamera.

„Und dann wollten wir den Normalweg über den Kleinglockner zur Erzherzog-Johann-Hütte absteigen. Wir gingen aufgrund des stärker werdenden Fönwindes am laufenden Seil über den Grat. Der Hansi vorneweg, ich in der Mitte und der Hoffi am Schluss", fuhr Herr Hendrich fort, während er das Handy wieder in seine Hosentasche steckte. „Wir waren noch gar nicht weit gekommen, da höre ich plötzlich hinter mir einen kurzen Schrei und als ich mich umdrehe, ist der Hoffi weg. Wir sind natürlich zurückgestiegen und haben geschaut, ob er in eine Felsspalte gefallen oder eine Rinne abgerutscht ist. Aber wir haben nichts gefunden, dabei haben wir lange gesucht. Er muss irgendwie abgestürzt und wahrscheinlich am Fuße der Nordwand in die Randspalte zum Gletscher gefallen sein. Vielleicht hat ihn auch eine Windböe erfasst; der Grat ist teilweise sehr ausgesetzt."

Herr Hendrich schaute den Kommissar ratlos an, blinzelte

ein paarmal mit den Augen und holte dann sein Handy wieder hervor, drehte es aber nur nervös in den Händen.
„Was haben Sie als Nächstes gemacht?"
„Dann verschlechterte sich das Wetter immer mehr und wir mussten schnell runter vom Berg. Als wir unten waren, haben wir dann die Bergwacht gerufen. Aber leider haben sie nichts gefunden."
Herr Hendrich machte mehrmals hintereinander das Handy an und wieder aus, ohne auf das Display zu schauen.
„Also, ich verstehe ja nichts vom Bergsteigen", begann der Kommissar und Herr Hendrich nickte ein paarmal heftig mit dem Kopf, so als wolle er sagen, damit habe er schon gerechnet. Bloch ärgerte sich kurz. „Und dennoch", fuhr er fort, „scheint mir, dass an Ihrer Geschichte ein paar Dinge nicht stimmen können. – Welche Dinge meint der Kommissar.

Der falsche Nikolaus

Es war ein Sonntag im Dezember, als Kommissar Harald Bloch und seine Frau Daniela einen Ausflug nach Altenburg machten. Daniela strebte zu dem Weihnachtsmarkt, der weniger überlaufen sein sollte als in der heimischen Großstadt. Und ihr Bruder Ottmar hatte ihr eine Ausstellung im Kunstmuseum der Stadt empfohlen. Bloch, der mit seinem kunstsinnigen Schwager ein bisschen über Kreuz lag, hatte keine große Lust auf eine Kunstausstellung. Aber um des lieben Friedens willen kam er mit – allerdings erst, nachdem er einen Glühwein mit Schuss intus hatte. Der Titel der Ausstellung klang gar nicht so übel, besonders an einem so nassgrauen Tag: „Das Licht des Südens". Es ging um italienische Einflüsse in der mitteleuropäischen Malerei des Frühbarock.

„Ottmar meint, da sind ganz sensationelle Bilder dabei", erklärte Daniela. „Leihgaben aus allen großen Museen. Und drei Gemälde hat das Museum erst vor Kurzem angekauft. Warte, er hat mir das extra aufgeschrieben."

Daniela kramte in ihrer Handtasche nach der Notiz, fand sie aber nicht. Bloch verdrehte die Augen. Sein Schwager ließ gern den oberklugen Kunstkenner raushängen. Das nervte ihn sogar auf die Entfernung. Sie hatten die Ausstellungsräume fast für sich allein, was Bloch ein wenig versöhnte. Wenigstens war es hier schön ruhig! Allerdings waren die Bilder noch langweiliger, als er befürchtet hatte. Generell schienen ihm die alten Schinken recht dunkel. Vom versprochenen „Licht des Südens“ war nicht viel zu sehen. Das alles ließ er Daniela sofort wissen.

„Jetzt mecker doch nicht gleich rum“, wies sie ihn zurecht. „Das ist eben so bei Barockbildern. Ach, schau mal hier.“ Sie war vor einem großformatigen Bild stehen geblieben. „Hans von Aachen“, las sie auf dem Schildchen neben dem Bild. „Ich glaube, das ist eins der neu gekauften Bilder, von denen Ottmar erzählt hat. Der Maler war ein paar Jahre in Italien und hat auch für die Medici gemalt.“

Das Bild zeigte irgendeinen bayerischen Herzog mit seiner Familie. „Wilhelm der Fromme“, las Daniela laut vor. Bloch fand, er sah kränklich aus. Die Herzogin neben ihm blickte unter schweren Augenlidern herablassend auf den Betrachter herunter. Am Bildrand standen einige Personen herum, die offensichtlich nicht zur herzoglichen Familie gehörten: ein Bischof mit einem Schuh in der Hand, eine langhaarige Brünette mit einem Turm in Modellgröße im Arm und ein Jüngling mit einem Grillrost in der Hand.

„Wer sind die?“, fragte Bloch.

Daniela schaute noch einmal auf das Schildchen und las vor: „Die Heiligen Laurentius, Barbara und Nikolaus.“

Bloch stutzte. „Na, das ist ja ein dicker Hund!“

„Wieso?“

„Und das hat das Museum gerade erst gekauft?“

„Sagt Ottmar zumindest. Zusammen mit zwei anderen. Es stand wohl in der Zeitung, weil mit dem Kauf ein kunsthistorischer Coup gelungen ist.“

„Das kann man wohl sagen", entgegnete Bloch nachdenklich. „Aber der Coup ist nicht dem Museum gelungen, sondern den Verkäufern. Die sind auf eine Fälschung reingefallen."

Daniela Bloch starrte ihren Ehemann entgeistert an. Ihr Harry, der sich für Kunst nicht die Bohne interessierte, wollte eine Fälschung erkannt haben? Doch er schien nicht zu scherzen. „Nun schau mich nicht so an. Na gut, von Kunst hab ich natürlich keine Ahnung. Aber Religion und Kirchengeschichte fand ich ja schon immer interessant."

Warum wohl hielt er das Gemälde für eine Fälschung?

Tod in der Badewanne

Der junge Mann war in Tränen aufgelöst, als er den Beamten die Tür öffnete.

„Ich habe sie gerade erst gefunden“, stammelte er. „Sie hat sich umgebracht.“

Kommissar Bloch und sein Kollege Jaschke betraten die Wohnung, und der Mann, er hieß Paul Gerber, führte sie ins Badezimmer. Er selbst blieb im Türrahmen stehen, so als könne er den Anblick nicht noch einmal ertragen.

In der Wanne lag die Leiche einer jungen Frau. Der Badeschaum knisterte noch ein wenig, hatte sich aber schon fast aufgelöst. Auf den ersten Blick gab es keine Anzeichen von Gewaltanwendung. Na, das würden die Gerichtsmediziner noch genauer untersuchen. Auf den ersten Blick fiel ein pinkfarbener Fön ins Auge, der in der Badewanne lag. Jaschke machte ein Foto vom Fön, dessen Kabel quer durch das Bad reichte und in einer Steckdose neben dem Spiegelschrank verschwand. Er fotografierte auch die Steckdose.

„Haben Sie etwas verändert, seit Sie sie gefunden haben?“, fragte Bloch und zückte einen Notizblock.

„Nein, ich hab nichts angerührt.“

„Wann haben Sie sie gefunden?“

„Vor ungefähr einer halben Stunde, also gegen 22 Uhr. Ich hab sofort die 110 gewählt.“

„Gibt es einen Abschiedsbrief?"
„Nein, ich glaube nicht. Ich hab noch nicht so genau nachgeschaut, um ehrlich zu sein."
„Könnte auch ein Unfall gewesen sein", ließ sich Jaschke vernehmen. „Obwohl, das ist ja allgemein bekannt, dass Strom in der Badewanne gefährlich ist."
„Könnte aber trotzdem sein", stimmte ihm Herr Gerber zu. „Wir hatten beide heute Abend was getrunken. Annika hatte so zwei, drei Gläser Wein. Vielleicht hat sie da nicht dran gedacht. Warten Sie, ich zeig Ihnen den Wein." Er verschwand in Richtung Küche.
„Trotzdem seltsam", murmelte Bloch. „Welche Frau, selbst wenn sie angetrunken ist, fängt in der Badewanne an, sich die Haare zu föhnen? Das macht man doch nach dem Bad, oder?"
„Bei Frauen weiß man nie", gab Jaschke zu bedenken.
„Hm", knurrte Bloch unzufrieden. „Ich suche mal den Sicherungskasten."
Er fand den Sicherungskasten im Flur, nahe der Eingangstür. Auf dem Weg dorthin kam er an der Küche vorbei und sah aus dem Augenwinkel, wie Paul Gerber gerade direkt aus einer Flasche trank. Bloch öffnete den Sicherungskasten und hob die Augenbrauen.
„Na, sieh mal an. Ein FI-Schutzschalter fürs Bad." Langsam schloss er den Sicherungskasten wieder und drehte sich um. Nun würde er den jungen Gerber verhaften müssen. – Was ist vermutlich passiert?

8

Friedlich entschlafen?

Wie sich herausstellte, war Hans Dolfinger nicht etwa friedlich im Schlaf gestorben, wie seine Ehefrau Luise zunächst vermutet hatte. Sie hatte einige Tage bei ihrer Tochter im Elsass verbracht, und als sie am Abend des 8. Dezember wieder zu Hause eintraf, lag ihr Mann leblos auf dem Sofa. Der herbeigerufene Arzt stellte den Tod des 65-Jährigen fest und bemerkte auch, dass er erst etwa drei bis vier Stunden zuvor gestorben sein musste. Die Leichenstarre hatte noch nicht vollständig eingesetzt. Luise Dolfinger vermutete, dass es ihm nicht gut gegangen war und er sich deswegen auf das Sofa gelegt hatte. An vielen Tagen habe er sich auch zu einem Mittagsschlaf auf dieses Sofa gelegt. Als dem Arzt eine kleine Wunde im Ohr auffiel, war klar, dass eine Obduktion nötig war. Einen Tag später war der Tod des Hans Dolfinger ein Fall für Kommissar Bloch.

„Er ist mit einem ganz dünnen Gegenstand durchs Ohr erstochen worden", erklärte ihm der Gerichtsmediziner Dr. Schramm, genannt Schramme.

„Du meinst so eine Art dünne Feile?" Bloch versuchte sich die Tatwaffe vorzustellen.

„Was für eine Feile?", fragte Dr. Schramm irritiert. „Nein, ich glaube nicht, dass eine Feile passen würde. Etwas Spitzeres, Dünneres sicher."

„Wie ein Nagel?"

„Das müsste ein ziemlich langer Nagel sein", entgegnete Schramme. „Die Waffe wurde durch den Gehörgang und durch das Trommelfell gestoßen. Von außen war nur ganz wenig Blut zu sehen. Aber an der Verletzung ist er sehr rasch gestorben. Die Tatwaffe muss mindestens zehn Zentimeter lang sein, wahrscheinlich aber länger."
Harald Bloch beschloss, der Witwe Dolfinger einen Besuch abzustatten. Es musste ja jemand in der Wohnung gewesen sein, als ihr Mann starb, aber von einem Einbruch hatte sie nichts erzählt.
Luise Dolfinger war eine korpulente Frau mit einer seltsamen Kurzhaarfrisur, wie Frauen jenseits der Sechzig sie manchmal trugen. Sie war überrascht, als der Kommissar sich vorstellte, bat ihn aber freundlich herein. Als sie ihm einen Kaffee anbot, nahm Bloch dankend an. Sie saßen einander im Wohnzimmer gegenüber: Frau Dolfinger in einem grünen Sessel, der Kommissar auf dem ebenfalls grünen Sofa umringt von bestickten Kissen. Sie servierte Stollen zum Kaffee, wartete ab, bis der Kommissar den ersten Schluck Kaffee getrunken hatte, und nahm dann ihr Strickzeug zur Hand.
Der Kommissar ließ sich alles genau erzählen und fragte dann nach: wann sie am 8. Dezember in Offenburg losgefahren und wann sie zu Hause angekommen sei, ob es Einbruchsspuren in der Wohnung gegeben habe, ob ihr Mann Feinde gehabt habe. Frau Dolfinger beantwortete alle Fragen ausschweifend, wobei sie immer schneller mit den Stricknadeln klapperte.
„Das stört sie hoffentlich nicht", sagte sie mit einem Blick auf ihre Stickarbeit. „Es beruhigt mich, wissen Sie?"
Ein wenig mulmig wurde dem Kommissar, als ihm klar wurde, dass er genau dort saß, wo der Verstorbene kürz-

lich noch gelegen hatte. Wie geschickt sie ihn vorhin auf diesen Sitzplatz dirigiert hatte! Dabei hätte man hier vielleicht noch nach Spuren suchen sollen.

Das unablässige Klappern der Stricknadeln ging Kommissar Bloch zusehends auf die Nerven. Frau Dolfinger mochte das ja beruhigend finden, er fand es nervtötend! Irritiert starrte er auf ihre flinken Hände. Sie strickte wohl einen Strumpf oder Handschuh – irgendetwas Kleines, für das sie fünf oder sechs Nadeln auf einmal brauchte. Sehr ausführlich berichtete sie von den Feindschaften ihres verstorbenen Mannes. Er schien mit der halben Familie und einem Großteil der Nachbarschaft verstritten gewesen sein. Kommissar Bloch machte sich eine Weile Notizen, hörte aber nichts, was für ihn nach einem Mordmotiv klang. Außerdem hatte nichts auf einen Einbruch hingedeutet. Irgendwann – Frau Dolfinger berichtete grade vom hundertsten Nachbarschaftszwist – blickte er unauffällig auf seine Uhr und schaffte es eine Viertelstunde später, sich zu verabschieden.

Draußen vor der Wohnungstür atmete er erst einmal tief durch. Diese wohltuende Stille! Er sann kurz nach, ging ein paar Stufen zögernd die Treppe hinunter. Dann fiel bei ihm der Groschen und er schalt sich selber einen dummen Esel. Das Wichtigste hatte er die ganze Zeit vor Augen gehabt! – Was war das?

Begegnung mit einem Küster

Kommissar Bloch war auf dem Rückweg von einem Seminar zu Vernehmungstechniken, das in der Landeshauptstadt stattgefunden hatte. Das Seminar hatte anderthalb Tage gedauert und war bereits mittags zu Ende. Die Sonne schien prächtig, Harry Bloch war guter Laune, und so kam es, dass er spontan einen Abstecher machte und in einem kleinen Städtchen anhielt. Hier war er noch nie gewesen, aber der Ortsname hatte immer vielversprechend geklungen. Es sollte hier ein kleines Barockschloss oder etwas Ähnliches geben. Außerdem hatte er Hunger. Das Schloss fand Bloch nicht, aber eine hübsche kleine Kirche, die sogar geöffnet war. Er beschloss, erst die Kirche zu besichtigen und dann ein Lokal mit gutbürgerlicher Küche zu finden. Oder wenigstens einen Dönerladen.
Die Kirche war barock verschnörkelt, wie es dem Kommissar am liebsten war. Er schritt langsam nach vorn, betrachtete den Holzaltar, eine geschnitzte Abendmahlsgruppe, die an der Seite stand, und ließ sich schließlich in einer der Kirchenbänke nieder. Hier war es schön ruhig. Er genoss die Stille und war kurz darauf wohl ein wenig eingenickt. Zumindest fuhr er nach einiger Zeit erschrocken, wie aus einem Schlummer geweckt, hoch und fragte sich, was ihn geweckt hatte. Da war es wie-

der: ein metallisches Kratzen. Neugierig stand er auf und sah sich um. Dort am Ausgang stand jemand und schien mit einer handwerklichen Tätigkeit beschäftigt, sodass er Bloch nicht bemerkte. Bloch beobachtete ihn eine Weile, runzelte die Stirn und ging dann auf leisen Sohlen zum Ausgang.

Der Jemand entpuppte sich beim Näherkommen als ein Mann mittleren Alters in Jeans, dunkler Jacke und mit einem Beutel über der Schulter. Er bearbeitete den Opferstock mit einem Schraubendreher. Erst als der Kommissar fast neben ihm stand, bemerkte der Mann ihn und fuhr zusammen.

„Was machen Sie denn da?“, fragte der Kommissar.

„Ich will den nur eben reparieren. Da sind schon seit Wochen ein paar Schrauben locker.“

„Ach so, Sie arbeiten hier?“ Bloch war verdutzt.

„Na klar. Ich bin der Küster. Schon seit 15 Jahren. Müller“, sagte der Mann und streckte dem Kommissar seine Hand hin.

„Bloch“, sagte Bloch und schüttelte die Hand. Als der angebliche Küster sich jedoch verabschieden wollte, um weiteres Werkzeug zu holen, verwickelte ihn der Kommissar in ein Gespräch. Die gerade gelernten Verhörtaktiken konnte er dabei zwar nicht anwenden, aber er staunte selbst darüber, wie gesprächig er sein konnte. Der „Küster“ ging darauf ein, und so gingen, sie in nettes Geplänkel vertieft, langsam den Mittelgang Richtung Altar entlang. Schöne Kirche, nette Gemeinde, gutes Wetter – es wurde alles besprochen. Der Kommissar hatte keinen richtigen Plan, wollte aber Zeit gewinnen und den „Küster“ nicht so schnell verschwinden lassen. Er befragte seinen Gesprächspartner zur Geschichte der Kirche und

dieser erzählte wortgewandt von den drei großen Stadtbränden im 17. und 18. Jahrhundert, denen die Vorgängerbauten der heutigen Kirche jeweils zum Opfer gefallen waren. So habe es im 17. Jahrhundert eine Renaissancekirche gegeben, allerdings noch mit dem spätgotischen Chorraum, die kurze Zeit darauf wieder abgebrannt sei und an deren Stelle der Barockbau errichtet worden sei. Das Kirchenschiff und der untere Teil des Turmes seien aus Sandstein, der Turmaufbau allerdings aus Holzfachwerk errichtet und verschiefert.
Schließlich schien er das Gespräch doch gern beenden zu wollen. Als sie im Altarraum angekommen waren, zeigte er auf das Taufbecken und sagte: „Wenn Sie mich eben entschuldigen würden? Ich muss wohl mal Wasser holen und Weihwasser nachfüllen. War nett, mit Ihnen zu plaudern."
„Einen kleinen Moment noch", unterbrach ihn Kommissar Bloch. Was kam ihm seltsam vor?

Ein seltsames Ganovenpaar

Harry Bloch war an diesem Vormittag mit seinem Kollegen Jaschke gerade auf Streife, als es passierte: Aus einem Haus etwa zweihundert Meter vor ihnen drang ein markerschütternder Schrei. Gleichzeitig sprang aus einem Fenster im Erdgeschoss des Hauses eine dunkel vermummte Gestalt und rannte davon. Sie waren so verdutzt, dass sie eine Sekunde lang wie versteinert dastanden. Es kam nicht alle Tage vor, dass einem ein Verbrechen derart auf dem Silbertablett präsentiert wurde. Im nächsten Augenblick öffnete sich eine Seitentür im gleichen Haus und ein barfüßiger Mann im Bademantel lief in leicht gebückter Haltung davon, allerdings in eine andere Richtung als die erste Gestalt.

„Ich nehme die Verfolgung auf, du schaust im Haus nach!", übernahm Jaschke das Kommando und sauste davon.

Harry Bloch forderte zunächst Verstärkung an, dann zog er seine Dienstwaffe und näherte sich vorsichtig der Haustür. Die Haustür war zu, das Schloss unbeschädigt. Sicher waren die Einbrecher über das Fenster an der Hausseite hineingekommen, aus dem die erste Gestalt geflüchtet war. Es gab nur eine Klingel. Auf dem Schild stand der Name „von Thielbeck". Der Kommissar klingelte. Erst tat sich nichts und Bloch befürchtete schon, zu spät gekommen zu sein, doch dann, als er gerade die Tür gewaltsam öff-

nen wollte, wurde sie nach innen geöffnet und eine Frau mittleren Alters in einem orientalisch wirkenden Gewand erschien. Es mochte ein Morgenmantel sein oder einfach ihr normales Hausgewand.
„Ja, bitte?“, fragte sie und der Kommissar fühlte sich kurz wie im falschen Film.
„Geht es Ihnen gut?“, fragte er.
„Natürlich“, entgegnete sie, ohne mit der Wimper zu zucken. „Und Ihnen?“
„Mein Kollege und ich haben gerade einen Schrei aus diesem Haus gehört und dann zwei Verdächtige flüchten sehen. Haben Sie geschrien?“
„Ja“, die Frau zögerte kurz. „Aber es ist alles in Ordnung. Vielen Dank für Ihre Mühe. Ich hatte mich nur erschreckt.“
„Jemand ist bei Ihnen durchs Fenster eingestiegen.“ Der Kommissar verstand nicht, warum sie so ruhig blieb. Offensichtlich wollte die Frau ihn nicht ins Haus bitten und keine polizeiliche Hilfe annehmen.
„Ja, mag sein, aber der Einbrecher hat sofort die Flucht ergriffen, als ich geschrien habe. Ich denke, er hat weiter keinen Schaden angerichtet. Er kam auch nicht dazu, irgendetwas zu stehlen. Wir reparieren das Fenster einfach wieder. Mein Mann kommt auch bald.“
„Ach so“, Kommissar Bloch kratzte sich am Kopf, bemerkte, dass er noch die Waffe in der Hand hielt, und steckte sie rasch weg. „Dann entschuldigen Sie die Störung.“
Er dreht sich auf dem Absatz um und ging. Eine seltsame Sache.
Später trafen er und Jaschke sich zu einer Pause an einem Wurststand, wo sich beide mit angeblich „echter“ Thüringer Rostbratwurst stärkten. Jaschke, der ursprünglich aus Thüringen stammte, erklärte ihm detailliert, wie eine

Thüringer Rostbratwurst beschaffen sein musste und dass dies hier ein schlechtes Imitat sei, das den Namen nicht verdiene. Er war bei der Verfolgungsjagd nicht erfolgreich gewesen. Die dunkel gekleidete Gestalt, die er verfolgt hatte, weil sie eher wie ein Einbrecher gewirkt hatte als der andere, hatte ihren Vorsprung rasch ausbauen können und war nach einer Kurve plötzlich nicht mehr zu sehen gewesen. Jaschke war verständlicherweise niedergeschlagen. „Mensch, Harry, da haben wir schon mal das Glück und sind gleich vor Ort, und dann so ein Reinfall."
Bloch tröstete ihn: „Na, es hat sich ja im Nachhinein doch einiges von selbst geklärt."
Jaschke blieb der Mund offen stehen, dann gestikulierte er mit der angebissenen Bratwurst in der Hand herum. „Geklärt? Was hat sich denn bitte geklärt? Wir haben hier ein ganz seltsames Ganovenpaar und eine Frau, die keine Anzeige erstattet. Vielleicht wird sie erpresst? Oder sie steckt mit denen unter einer Decke?!"
Bloch lachte kurz. „Ja, dass sie mit unter der Decke steckt, glaube ich auch. Aber bestimmt nur mit einem von beiden." – Was meint Kommissar Boch damit?

Federn gelassen

Als Kommissar Bloch im Finkenweg 12 ankam, hatte der Notarzt schon eine Kohlenmonoxidvergiftung bei dem Toten festgestellt. Dieser Tote, Michael Mertens, war ein korpulenter Mittfünfziger. Seine Witwe trug enge Sportsachen, bei denen der Kommissar an Yoga denken musste, obwohl er keine Ahnung hatte, wie man sich zum Yoga kleidete. Sie gab an, dass ihr Mann in der Nacht wohl betrunken von der Betriebsweihnachtsfeier gekommen war – sie selbst hatte da schon geschlafen. Das sei leider häufig vorgekommen, dass er deutlich zu viel trinke. Frau Mertens schaute gedankenverloren im Zimmer umher, als habe sie für einen Moment den Faden verloren.
Auch der Kommissar sah sich rasch um. Vor einem alten Ofen stand ein etwas abgewetzter gelber Sessel; die übrige Einrichtung war eine Mischung aus unmodernen schweren Polstermöbeln und IKEA-Schränken. Auf allen Flächen stand Dekokram: Kerzen, Räuchermännchen, kleine Engel, Vasen, Tiere aus Glas ... An einer Wand hing ein riesiges Barometer. Die Anzeige stand auf „veränderlich“. Wie passend, dachte der Kommissar. Wie schnell sich im Leben dieser Frau Mertens alles verändert hatte! Wie von Trauer überwältigt wirkte sie allerdings nicht.
„War er manchmal so stark betrunken, dass er am nächsten Tag einen Filmriss hatte?“, fragte er.

„Manchmal?“ Frau Mertens lachte freudlos. „Er war meistens zu gar nichts mehr zu gebrauchen.“ Sie seufzte tief.
„Aber wie kam es zu der Kohlenmonoxidvergiftung?“, fragte Bloch. Der Arzt zeigte stumm auf den Ofen. So weit hatte der Kommissar natürlich auch schon gedacht, aber er wollte die Frau erzählen hören.
„Ja, der Ofen zieht nicht ab“, sagte sie. „Also überhaupt nicht. Schon seit Jahren. Wir wollten das schon längst richten lassen, aber na ja ...“ Sie machte eine unbestimmte Handbewegung. „Er hat wohl im Suff gar nicht dran gedacht und ein Feuer angemacht. Keine Ahnung, woher er eigentlich Holz dafür hatte. Heute morgen roch es schon im Flur so komisch. Und als ich dann ins Wohnzimmer kam – na, Sie können sich denken! Ich hab sofort alle Fenster aufgerissen und erst mal ordentlich durchgelüftet. Und dann sofort den Notruf gewählt. Michael saß im Sessel vor dem Ofen und sah eigentlich aus, als würde er bloß schlafen.“
„Mein Beileid“, sagte der Arzt schnell und Kommissar Bloch ärgerte sich, dass er schon wieder nicht daran gedacht hatte. Er nickte der Witwe kurz zu, aber sie war fertig mit ihrem Bericht.
Es schien eigentlich alles klar. Kommissar Bloch sah sich noch einmal in dem Wohnzimmer um, das auf so seltsame Art vollgestellt und trotzdem unpersönlich wirkte. Als würde etwas fehlen, dachte er. Selbst im Bücherschrank standen vor den Büchern noch kleine Figuren und Kerzen. Hinter Bloch, an der Wand gegenüber vom Ofen, war ein einzelnes kleines Beistelltischchen, auf dem kein Krempel herumstand. Das Tischchen fiel ihm erst jetzt auf. Auf der hellen Holzfläche lag etwas. Der Kommissar ging einen Schritt näher heran, weil er es nicht sofort erkannte. Es wa-

ren lauter kleine Körner und ein paar zarte Federn. Einige lagen auch unter dem Tisch auf dem Teppich.
Plötzlich war ein lautes Zwitschern zu vernehmen, eigentlich nur ein kurzer Laut, der aber ganz nah klang, wie aus dem Nebenzimmer.
„Was war denn das?", fragte der Kommissar überrascht.
„Das war der Hansi", sagte Frau Mertens und sah den Kommissar erschrocken an.
„Ach so, der Hansi." Kommissar Bloch bemühte sich, ein Grinsen zu unterdrücken. Die Situation war einerseits zu komisch, andererseits auch mit einem Mal sehr ernst. Besonders für Frau Mertens. – Warum?

Vom Erdboden verschwunden

Richard Möbius hatte seine Frau schon vor Monaten als vermisst gemeldet. Es hatte eine groß angelegte Suchaktion gegeben – ohne Ergebnis. Nachbarn hatten ausgesagt, dass es zwischen den Eheleuten häufig Streit gegeben hatte. Kurz war Richard Möbius selbst in Untersuchungshaft gewesen, aber die Indizien, die für einen Mord sprachen, schmolzen bei Tageslicht besehen wie Schnee in der Sonne dahin. Von Schnee war in diesem Dezember allerdings keine Spur zu sehen. Auch das Haus der Familie Möbius war untersucht worden. Angelika Möbius hatte keine Sachen gepackt, niemanden verständigt, dass sie verreisen wollte, und selbst Handy und Portemonnaie steckten in ihrer Handtasche, die in der Garderobe lag. All das lag fast ein halbes Jahr zurück, der Fall stand nicht mehr ganz oben auf der Agenda und schien allmählich den Staub der ungelösten Fälle anzusetzen.

In diesen Dezembertagen spürte Harald Bloch ein unangenehmes Kribbeln unter der Kopfhaut, ein untrügliches Zeichen seines Unterbewusstseins, dass er etwas übersehen hatte. Er beschloss, Richard Möbius einen Besuch abzustatten. Der Witwer lebte in einem ruhigen Viertel am südlichen Rand der Stadt. Hier standen Einfamilienhäuser dicht aneinander. Die Gärten waren gepflegt, Büsche und Bäume mit Lichterketten illuminiert und in den Fenstern leuchteten Schwibbögen. Es war vier Uhr nachmittags, aber Kommissar Bloch hatte Glück: Herr Möbius war schon zu Hause.

Nach ein wenig höflichem Geplänkel in der Küche – Harald Bloch spürte das Misstrauen des Mannes deutlich – spähte der Kommissar durch das Küchenfenster in den Garten. Er erinnerte sich daran, wie der Garten im Spätsommer ausgesehen hatte. Jetzt waren die Blätter von Büschen und Bäumen gefallen und ihm fiel auf, dass ganz hinten im Garten zwischen kahlen Zweigen ein Schuppen zu sehen war.

„Ist der Schuppen neu?", fragte er sofort.

„Nein, den hab ich schon länger. Im Sommer ist er hinter den Büschen nicht gut zu sehen. Sie können gern einen Blick reinwerfen."

„Vielleicht später", entgegnete Bloch. „Was ist denn drin?"

„Gartengeräte", zählte Möbius auf, „der Rasenmäher, Fahrräder, Gartenstühle. Sie können sich gern überzeugen, dass ich die Wahrheit sage."

Der Kommissar willigte ein und gemeinsam gingen sie in den Garten.

„Trotzdem ungewöhnlich, einen Schuppen so verborgen hinzubauen", bemerkte der Kommissar.

„Ja, das ist halt Geschmackssache", verteidigte sich Möbius. „Ich persönlich finde so einen Schuppen nicht sehr schön. Mir ist es lieber, wenn ein bisschen Grün davor ist."

Harald Bloch musste dem Mann recht geben. Der Schuppen war alles andere als schön. Ein windschiefes Teil aus dünnen Brettern, dass nicht aussah, als würde es mehr als zwei Herbststürme überstehen.

„Beim Sockel haben Sie sich aber Mühe gegeben", bemerkte Bloch.

Tatsächlich stand die Bretterbude auf einem massiven Sockel aus Beton.

„Ja, das ist so ein behelfsmäßiger Schuppen. Ich will aber irgendwann was Stabileres draufbauen, deswegen hab ich schon mal einen richtigen Sockel gemacht. Warten Sie, ich schließe auf."

Richard Möbius zog einen Schlüssel aus der Tasche hervor.

„Danke, nicht nötig", wehrte der Kommissar ab.

Warum will er nicht in den Schuppen hineinsehen?

Das geklaute Altarbild

In der Kirche eines der eingemeindeten Dörfer war ein Altarbild gestohlen worden. Die Pfarrerin hatte Anzeige erstattet und begrüßte Kommissar Bloch nun auch am Eingang der Kirche. Der Altar, erzählte sie ihm, sei historisch sehr wertvoll. Er stammte aus dem 16. Jahrhundert, sei noch völlig original erhalten und die Bilder des Flügelaltars seien von einem mutmaßlichen Schüler Lucas Cranachs gemalt worden. Die Pfarrerin musste insgesamt elf Dörfer versorgen und konnte nur einmal im Monat in der kleinen Dorfkirche mit dem barocken Flügelaltar Gottesdienst feiern. Die Zahl der Gottesdienstbesucher war, wie sie mit Bedauern berichtete, immer stärker zurückgegangen. An manchen Sonntagen seien nur zwei oder drei Gemeindeglieder da gewesen.

Seit wann genau die Bilder fehlten, wisse sie daher nicht. Sie sei zuletzt Mitte November in der Kirche gewesen; da waren sie noch da. Die Türen waren unbeschädigt.

„Wer hat denn alles einen Schlüssel?", fragte Bloch.

„Ich habe einen, der Kantor, der Küster, die Leiterin des Posaunenchors, und dann hängt immer noch ein Schlüssel im Büro, falls zum Beispiel mal Handwerker in die Kirche müssen."

„Das sind alle Schlüssel? Ganz sicher?", fragte der Kommissar nach.

„Also, so ganz hundertprozentig weiß das wohl nur unser ehemaliger Küster, Herr Heische. Er ist im Sommer in Rente gegangen."
Die Pfarrerin holte den Schlüssel hervor – Bloch sah auf den ersten Blick, dass es keine Zauberei wäre, einen solchen Schlüssel nachmachen zu lassen. Wahrscheinlich ließ sich die alte Kirchentür sogar mit einem einfachen Dietrich öffnen. Innen schien die Kirche überraschend klein. Jede Sitzreihe rechts und links des Mittelgangs bot sicher nicht mehr als acht Personen Platz. Sie gingen an der Kanzel und dem massiven Taufstein vorbei zum Altar. Die Flügel waren ausgeklappt und der Schaden war auf den ersten Blick offensichtlich: Es fehlte das Bild auf dem linken Flügel. Das zentrale Bild zeigte die Kreuzigung Jesu; auf dem rechten Flügel war der Auferstandene zu sehen, der den Jüngern erschien.
„Lassen Sie mich raten", sagte Harry Bloch. „Links war die Geburt Jesu."
„Richtig", entgegnete die Pfarrerin. „Sie können dort drüben an der Wand eine detaillierte Beschreibung lesen. Es gibt aber auch Fotos des Altars. Die habe ich im Gemeindebüro."
Interessiert ging der Kommissar zur Wand der Apsis, wo seitlich neben dem Altar ein Schild an der Wand hing. Wie in einem Kunstmuseum war hier aufgeführt, was auf den Altarbildern zu sehen war. „Linker Innenflügel", las er laut vor. „Die Geburt Christi, 1672, im Bild links die Jungfrau Maria, rechts Josef (in Braun) mit einem der Hirten. Im Hintergrund ist eine fiktive Stadtkulisse angedeutet, die Ähnlichkeiten mit Wittenberg hat. Vom Himmel nähert sich eine Engelsschar."
„Solche Beschilderungen habe ich noch nie in einer Kirche gesehen."

„Ja, das ist sonst nicht so üblich", meinte die Pfarrerin. „Das war Herrn Heisches Steckenpferd. Er hat sich für die Geschichte des Altars sehr interessiert und auch dieses Schild anbringen lassen."
„Wie oft kam er denn in die Kirche?", fragte der Kommissar interessiert.
„Herr Heische? Der war eigentlich immer da. Bei jedem Gottesdienst. Er hat sich auch ein bisschen beschwert, als wir den Gottesdienst nicht mehr jede Woche hier gefeiert haben, sondern dann turnusmäßig in den anderen Dorfkirchen. Und er hat es immer sehr bedauert, dass immer weniger Menschen zu den Gottesdiensten kamen."
„Und der Kantor?"
„Der ist auch immer da. Wohnt aber nicht vor Ort. Aber zumindest hier und noch in zwei anderen Kirchen spielt er die Orgel. Die Kirchen, die weiter weg sind, haben manchmal ehrenamtliche Musiker."
„Was ist mit dem Posaunenchor?"
„Die Frau Hartmann? Die probt mit den Bläsern im Gemeindehaus. Sie hat zwar einen Schlüssel, aber in der Kirche probt der Posaunenchor nur kurz vor Auftritten beim Gottesdienst. Der nächste ist zu Weihnachten. Und dann Ostern wieder. Vielleicht vier Mal im Jahr."
„Vielen Dank; Sie haben mir sehr geholfen", sagte Bloch. „Ich glaube, ich weiß, mit wem ich als Nächstes sprechen werde." – Mit wem?

14

Die Cinnamon Challenge

Harry Bloch hatte sich gerade das erste Bier aufgemacht und gedachte, den Abend auf der Couch zu verbringen, als er sich urplötzlich und auf sehr ungute Weise an das vergangene Wochenende erinnert fühlte, was dazu führte, dass er wie von der Tarantel gestochen von der Couch wieder aufsprang, auf der er sich gerade niedergelassen hatte. Was war am vergangenen Wochenende passiert? Ein befreundetes Ehepaar war bei Harald und Daniela Bloch zu Besuch gewesen. Schon seit Wochen hatten sie sich darauf gefreut.
„Nein, danke, keine Zimtsterne für mich“, hatte Conni abgelehnt. „An Zimt komm ich gerade gar nicht ran.“ Sie verzog das Gesicht und berichtete von der großen Aufregung, die die Familie diese Woche durchgestanden hatte. Die Tochter hatte plötzlich über starke Beschwerden beim Atmen geklagt und lag gerade mit Verdacht auf Lungenentzündung im Krankenhaus.
„Dabei hatte sie gar keine Erkältung, auch kein Fieber oder so“, ergänzte Connis Mann Torsten.
„Das ist ja wirklich seltsam“, sagte Daniela und schob sich schnell einen Zimtstern in den Mund. „Was hat sie denn vorher gemacht?“
„Ich hab auch den Verdacht, dass sie uns was verschweigt“, gab Conni zu. „Sie meinte, sie hätte mit einer Freundin

Plätzchen gebacken. Als wir sie gestern Abend ins Krankenhaus brachten, da ... also, ich folge ihr ja bei Instagram, und da hatte sie am Tag zuvor so ein Bild gepostet und drunter stand nur ‚Cinnamon Challenge'."

„Du folgst deiner Tochter auf Instagram?", fragte Harry Bloch belustigt.

„Cinnamon was?", fragte Daniele irritiert.

„Cinnamon heißt Zimt", übersetzte Torsten. „Die Zimt-Challenge. Vielleicht wollten sie auch Zimtsterne backen."

„Cinnamon Challenge", sagte Harry halblaut vor sich hin. Irgendetwas klingelte da bei ihm, aber er wusste nicht, was es war. Hatte Schramme, sein Kollege Dr. Schramm von der Gerichtsmedizin, das nicht vor Urzeiten mal erwähnt? Es fiel ihm beim besten Willen nicht mehr ein.

„Auf dem Foto war eigentlich nur eine Tüte Zimt drauf und ein Teelöffel. Na ja, das klingt jetzt nicht so toll, aber sie macht sehr schöne Fotos mit Essen, also sehr ästhetisch arrangiert und perfekt beleuchtet", erklärte Conni.

Sie hatten zu viert noch ein wenig gemutmaßt. Die genauen Untersuchungsergebnisse sollten erst am Montag vorliegen. Dann hatte die Woche begonnen und Harald Bloch hatte die letzten Tage nichts mehr von Conni und Torsten gehört. Wenn er ehrlich war, hatte er die Sache bereits am Dienstag schon wieder vergessen. Aber nun fiel ihm dieses Gespräch vom Wochenende wieder ein, als er aus der Küche Benjamin, seinen 17-jährigen Sohn, rufen hörte: „Mama, wo ist denn der Zimt?" Der gleiche Benjamin, der sich noch nie fürs Backen oder Kochen interessiert hatte. Wie von der Tarantel gestochen, fuhr Harald vom Sofa hoch und rief mit Donnerstimme: „Benni, lass die Finger vom Zimt!"

Warum?

15

Bennos letzte Skatrunde

Harald Bloch war einer der ersten am Tatort. Nachbarn hatten, als sie den Schuss gehört hatten, die Polizei gerufen und kurz darauf hielten die Kommissare Bloch und Jaschke mit Blaulicht vor dem Wohnhaus in der Wielandstraße, aus dem der Schuss zu hören gewesen war. Den Arzt Dr. Schramm hatten sie gleich mitgebracht.
Drinnen hatte eine Skatrunde ein tödliches Ende genommen: Ein Mann saß am Tisch, sein Oberkörper war auf die Tischplatte gesunken, auf dem noch die Karten lagen. Sein rechter Zeigefinder war in Blut getaucht und hatte offensichtlich die Buchstaben „Ede“ auf die Tischplatte geschrieben. Schramme stellte den Tod durch Schuss ins Herz fest.
Die Skatfreunde des Verstorbenen konnten sich als Edward Hagemann und Torsten Neubert ausweisen. Beide waren schon nicht mehr ganz nüchtern. Einig waren sie sich nur darüber, dass der Verstorbene – Benno Hampel – den ganzen Abend beim Skat betrogen hatte. Über alles andere machten sie widersprüchliche Aussagen.
„Ich hatte grade mit Benno gegen Ede gespielt“, behauptete Torsten Neubert. „Ede hatte ein Grand Hand, hat aber verloren. Und dann rutscht dem Benno plötzlich ein Bube aus dem Ärmel, der schon längst gespielt worden war. Da

hat Ede die Nerven verloren und geschossen. Benno hat dann noch, wie Sie ja sehen, den Namen des Täters mit seinem eigenen Blut festgehalten."

„So ein Lügenmärchen!", rief Edward. „Tatsächlich war ich dabei, den Grand Hand zu gewinnen. Da ist Torsten vorn und spielt die rote Zehn, weil er wohl dachte, dass Benno stechen kann. Ich steche mit dem Grünen und Benno hat plötzlich doch noch Rot. Da war der alles entscheidende Stich meiner und Torsten zieht plötzlich eine Knarre und erschießt Benno. Der hat zwar den ganzen Abend falschgespielt, aber Torsten ist eindeutig der größere Choleriker."

„Und ein ziemlich sicherer Schütze ist er auch", stellte Kommissar Bloch fest.

Warum ist sich der Kommissar so sicher, dass Torsten Neubert der Mörder ist?

Wintermarathon

Harald Bloch fand sich in einer seltsamen Situation wieder. Es war sein freier Tag und er war eine Weile ziellos in der Gegend herumgelaufen, wie das manchmal seine Art war. Der Morgennebel verzauberte die Stadt. Es war recht mild, bestimmt schon sieben Grad, und für heute waren bis zu zwölf Grad angesagt. Bloch atmete tief durch. Ein wenig Bewegung am Morgen tat ihm gut. Er dachte an nichts Bestimmtes oder doch höchstens daran, dass er für Daniela noch immer kein Weihnachtsgeschenk hatte, als ihm plötzlich in etwa hundert Metern Entfernung eine dunkel gekleidete Gestalt auffiel. Es war im Nebel nicht gut zu erkennen, aber Bloch schien es so, als versuche die Person, über ein Geländer hinweg durch ein ebenerdig gelegenes Fenster in ein Haus einzusteigen.

Harald Bloch war also nicht im Dienst und völlig in Gedanken, und nur so war seine unprofessionelle Reaktion zu erklären. Statt unauffällig herauszufinden, was da vor sich ging, rief er: „Hallo, Sie da!“, woraufhin die Person umgehend die Flucht ergriff. Bloch zögerte keinen Augenblick und nahm die Verfolgung auf. Er war nicht sportlich im eigentlichen Sinne, und so war ihm natürlich klar, dass er eine Verfolgungsjagd zu Fuß nur kurzzeitig durchhalten würde. Der andere schien weit sportlicher zu sein als er selbst und baute schon nach wenigen Sekunden seinen Vorsprung aus.

Bloch setzte auf Risiko: Am wahrscheinlichsten schien ihm, dass der Läufer versuchen würde, rechterhand im Stadtpark zu verschwinden. Deshalb folgte er ihm nicht direkt, sondern nahm eine Abkürzung, verlor den Verdächtigen für kurze Zeit aus dem Blick, indem er rechts abbog und einen Trampelpfad entlang der Kleingärten nahm. Als er schnaufend um die nächste Ecke bog, sah er, dass er Glück gehabt hatte. Der Mann lief ihm direkt in die Arme.

Auch ohne Dienstmarke strahlte Kommissar Bloch die Autorität seines Amtes aus, sodass der Mann sich widerwillig zu rechtfertigen versuchte. Nein, das sei ein Irrtum. Er habe nicht in das Haus einbrechen wollen, sondern am Geländer vor dem Fenster nur ein paar Dehnungsübungen gemacht. Und er sei auch nicht vor dem Kommissar geflüchtet, sondern trainiere für den nächsten Marathon.

Kurz zweifelte Bloch an seinem Urteilsvermögen. Hatte er den Läufer zu Unrecht verdächtigt? Er mochte Anfang fünfzig sein, war schlank und wirkte sehr sportlich. Ein Marathontraining war ihm durchaus zuzutrauen. Der Mann trug eine Jogginghose, Turnschuhe, eine dunkle Daunenjacke, das Haar, das unter der Wollmütze hervorquoll, zeigte noch keine Spur von Grau.

„Welcher Marathon soll das denn sein?", fragte Bloch misstrauisch.

„Wintermarathon in Leipzig Anfang Februar", sagte der Mann kurz angebunden und fing an, auf der Stelle zu laufen. Er schien ungeduldig darauf zu warten, dass er sein Training fortsetzen konnte.

„Und wie viele Kilometer haben Sie schon?", fragte Bloch.

„Fünfundzwanzig", war die knappe Antwort.

„Unmöglich", entgegnete Bloch spontan.

Warum war er so sicher, dass der Mann log?

Das bleibt in der Familie

Nach dem Mord an Anton Zimmermann fiel der Hauptverdacht auf die drei Erben. Der alte Zimmermann war Witwer gewesen, und das beachtliche Vermögen des Unternehmers würde nun seinen drei Kindern zufallen. Seine Tochter und die beiden Söhne lebten alle im gleichen Ort.

Kommissar Bloch war zusammen mit seinem Kollegen Markus Jaschke als Erster am Tatort gewesen. Der Anblick des Leichnams hatte bei ihm heftige Übelkeit ausgelöst, und das wollte etwas heißen, denn er hatte in seiner Laufbahn schon einiges zu sehen bekommen! Allerdings hatte er noch nie zuvor ein Mordopfer gesehen, dessen Schädel regelrecht gespalten war. Das Blut war bis in die hintersten Winkel des großen Kaminzimmers gespritzt. Von der Tatwaffe fehlte jede Spur, aber es musste sich um eine Axt handeln. Nun standen die Verhöre an. Kommissar Jaschke hatte bereits Erkundigungen eingezogen und es hieß, dass alle Sprösslinge des Unternehmers Zimmermann knapp bei Kasse waren. Das Familienoberhaupt musste ein echter Geizhals gewesen sein.

Benedikt Zimmermann war ein großer, breiter Mann mit stark gerötetem Gesicht. Entweder Alkohol oder Bluthochdruck, schätzte Bloch, vielleicht auch beides. Er war 45 Jahre alt und trug eine Arbeitshose und eine Jacke, die

wie ein wattiertes Holzfällerhemd aussah. Tatsächlich klebten an seiner Hose vereinzelte Holzspäne.
„Sie kommen wohl direkt vom Holzhacken?“, fragte Bloch in leichtem Ton.
„Ach wo“, winkte Benedikt Zimmermann ab. „Ich hab gerade den Christbaum unten angespitzt, damit er in den Ständer reinpasst.“
„So früh?“, wunderte sich der Kommissar. „Heiligabend ist doch erst nächste Woche.“
„Der steht jetzt draußen auf dem Balkon. Das passt schon.“
Für die Tatzeit hatte der Sohn ein Alibi. Er sei am vergangenen Abend „mit den Jungs“ beim Bowling gewesen, habe ein paar Bier getrunken, ein paar Kugeln geschoben. Es sei sehr spät geworden und Stulle, einer der „Jungs“, habe ihn nach Hause gefahren. Der könne das bezeugen. Sein eigenes Auto stehe immer noch vorm Bowlingcenter, und er wolle es später abholen. Kommissar Bloch beobachtete sein Gegenüber aufmerksam, während Jaschke eifrig Notizen machte und nach dem bürgerlichen Namen von „Stulle“ fragte.
Patrick Zimmermann, der jüngere Sohn, war ein attraktiver Junggeselle Anfang vierzig. Seine Kleidung bewies Geschmack. Der lässig um den Hals geschwungene Schal passte perfekt zum Pullover. Der Kommissar blickte angestrengt auf die polierten hellbraunen Lederstiefel seines Gegenübers und runzelte die Stirn. Seine Übelkeit hatte zwar nachgelassen, aber er hätte jetzt gern eine Tasse Kamillentee gehabt. Auch der jüngere Zimmermann-Sohn hatte ein Alibi für den Vorabend.
„Ich war im Opernhaus, beim Ballett ‚Der Nussknacker‘. Da gehe ich jedes Jahr hin. Das ist so eine Adventstradi-

tion von mir, weil Strawinsky mein absoluter Lieblingskomponist ist."

„Gibt es dafür Zeugen?", knurrte Bloch übellaunig.

„Nein, ich bin ohne Begleitung hingegangen. Aber ich müsste das Ticket noch irgendwo haben." Zimmermann junior suchte die Taschen seines Mantels ab. „Nein, hier ist es nicht. Ich kann es aber von zu Hause holen. Wenn Sie erlauben ..." Er ließ das Ende des Satzes fragend in der Luft hängen und erhob sich halb vom Stuhl.

„Draußen sitzt noch Iris Runkel, geborene Zimmermann", sagte Jaschke halblaut zu Bloch. „Wir könnten ihre Aussage zuerst aufnehmen und dann später mit ihm weitermachen."

„Nein!", knurrte Kommissar Bloch. „Ich sehe da leider Fluchtgefahr."

Warum meint der Kommissar, dass Patrick Zimmermann nicht mit dem Beweis für sein Alibi zurückkommen wird?

Mörderische Glühweinrunde

Genau an seinem 63. Geburtstag war Horst Hennig mit einer Methanolvergiftung ins Krankenhaus eingeliefert worden, kurz darauf ins Koma gefallen und einige Tage später verstorben. Wie war es zu diesem Unglücksfall gekommen? War illegal gebrannter Schnaps die Ursache? Und war es wirklich ein Unfall gewesen oder hatte jemand nachgeholfen und Herrn Hennig vergiftet?

Kommissar Bloch vernahm die Witwe. Barbara Hennig erzählte von der Geburtstagsfeier: Man hatte am Sonntagnachmittag mit Freunden und Familie im Café „Goldstübchen“ gefeiert. Es waren an die dreißig Personen da gewesen, es hatte Kaffee und Kuchen gegeben. Alkohol sei aber nicht gereicht worden. Darauf hatte sie extra geachtet. Ihr Horst hatte ja gar keinen Alkohol mehr trinken dürfen. Der Arzt habe es verboten gehabt wegen der Fettleber. Sie könne sich das Ganze nicht erklären. Frau Hennig drückte ein feuchtes, zusammengeknülltes Taschentuch in ihre Augenwinkel. Durch geschicktes Nachfragen bekam Bloch heraus, dass der Jubilar nach der Feier im „Goldstübchen“ noch mit einem Bekannten für zwei Stunden auf den Weihnachtsmarkt verschwunden war.

„Und es könnte nicht sein, dass er dort vielleicht einen Glühwein ...“

„Nein! Das glaube ich nicht“, protestierte die Witwe. „Er wusste doch, was der Arzt gesagt hat. Außerdem hab ich

den Detlev, seinen Bekannter, schon danach gefragt. Sie haben nichts getrunken."
Detlev Pohl war ein kleiner, hagerer Mann mit dem Gesicht eines erschrockenen Hamsters. Er war von Kopf bis Fuß in einer unauffälligen Farbe gekleidet, die Harry Bloch für sich „Rentnerbeige" nannte. Das Auffälligste an Herrn Pohl waren seine etwas fettigen roten Haare, die strähnig an seiner Kopfhaut klebten. Als er dem Kommissar gegenübersaß, brauchte es nicht viel, bis er ängstlich mit der Wahrheit herausrückte. „Ich hab ihn nicht verpfeifen wollen. Und ich hab ihm ja hoch und heilig versprochen, dass ich der Barbara nichts davon erzähle. Aber er hatte solchen Durst! Na, ich hab keinen Glühwein getrunken; ich mag das Zeug einfach nicht. Er hat zwei getrunken. Mit Schuss. Wenn Sie mich fragen, war der nicht in Ordnung."
Bloch ließ sich genau erklären, an welchem Glühweinstand die beiden gewesen waren. Doch die folgenden Untersuchungen brachten nichts ans Licht. Der Glühwein und auch der „Schuss" des betreffenden Standes waren völlig in Ordnung. Es hatte keine weiteren Vergiftungen bei anderen Weihnachtsmarktbesuchern gegeben. Harald Bloch war in höchstem Maße unzufrieden. Die Dinge lagen einerseits klar auf der Hand – die Vergiftung mit Methylalkohol war ganz klar nachgewiesen –, aber der Rest fügte sich nicht zueinander. Wenn allerdings der Verstorbene den Glühwein auf dem Weihnachtsmarkt seiner Frau verheimlicht hatte, dann war er vielleicht schon vorher auch anderswo ohne ihr Wissen an Alkohol herangekommen. Bloch unternahm einen Ausflug ins Café „Goldstübchen". Es war ein Vormittag mitten in der Woche. Nur wenige Gäste waren da; eine etwas korpulente Kellnerin mit aschblonder Dauerwelle hatte Zeit für Bloch, zog ihn aber in den

Eingang zur Küche, wo er von den Gästen nicht gesehen werden konnte. Die Polizei im Haus – das war keine gute Werbung für ein Café. Bloch hatte Glück. Die Frau hatte auch am Nachmittag der Geburtstagsfeier Dienst gehabt. Zuerst war sie sich nicht ganz sicher, als der Kommissar das Datum nannte, aber als er den 63. Geburtstag und die dreißig Gäste erwähnte, erinnerte sie sich sofort. Nein, es sei tatsächlich kein Alkohol bestellt worden, nur Kaffee und Kuchen. Eine komische Geburtstagsrunde sei das gewesen, erinnerte sie sich. Wie sie das meine, fragte Bloch nach. Die Kellnerin druckste eine Weile herum und Bloch wurde schon ungeduldig. Dann kam heraus, dass an den Gästen selber gar nichts Ungewöhnliches gewesen sei. Sie und die anderen Kellner hatten sich eigentlich nur über die Geburtstagsgesellschaft geärgert. Zu wenig Trinkgeld habe es gegeben, sie hätten bergeweise Geschenkpapier zurückgelassen. Und es seien Dinge gegessen worden, die nicht aus dem Café stammten.

„Die hatten sich was zu essen mitgebracht?", fragte Bloch ungläubig.

„Na, zumindest der eine hatte eine große Schachtel Pralinen dabei. So ein kleiner Rothaariger. Ich hab selber gesehen, wie der Gast, dessen Geburtstag sie feierten, die halbe Packung aufgegessen hat."

„Vielleicht war das ein Geschenk", gab Bloch zu bedenken.

„Mag sein. Aber das gehört sich nicht in einem Café. Wir haben doch hier alles. Sogar Lebkuchenparfait."

Für das Lebkuchenparfait interessierte sich Harald Bloch umgehend und bestellte sich eine Portion samt einer Tasse Kaffee. Zufrieden ließ er sich an einem der Tische nieder und wartete auf die Köstlichkeit. Immerhin hatte er nun eine heiße Spur. – Welche?

Eine feurige Musikerin

In den letzten Wochen hatte es immer wieder Brandstiftungen in der Umgebung gegeben. Ein Täter wurde nie ermittelt. Aber als beim jüngsten Brand ein kleines Bild des heiligen Florian, Schutzheiliger gegen Brände, in unmittelbarer Nähe des Tatorts gefunden wurde, fühlte sich Kommissar Bloch an Konstanze Lohenbach erinnert. Die Berufsmusikerin hatte vor einigen Jahren schon einmal eine Haftstrafe wegen wiederholter Brandstiftung verbüßt. Wegen ihrer langen roten Haare war sie dem Kommissar in Erinnerung geblieben. Sie stammte ursprünglich aus Österreich und der Kommissar konnte sich dunkel erinnern, dass sie damals den heiligen Florian erwähnt hatte. Er beschloss, ihr einen formlosen Besuch abzustatten.

Schon als er den Hausflur betrat, hörte er Harfenklänge. Frau Lohenbach spielte irgendetwas Beschwingtes. Der Kommissar kannte sich mit klassischer Musik nicht sehr gut aus, aber ihm gefiel der Klang und er blieb einen Moment still stehen, um zu lauschen. Die Töne perlten zu ihm in einer Weise die Treppe hinunter, dass er überzeugt war, es müsse demnächst endlich schneien oder doch bald eine festliche Atmosphäre bei ihm einziehen. Nach zwei Minuten gab er sich einen Ruck und stieg die Treppe empor. Es half ja nichts. Auf sein Klingeln hin brach das Spiel abrupt ab und er hörte Schritte,

die sich der Tür näherten. Die Harfenistin trug auch zu Hause Absatzschuhe!
Ein wenig eingeschüchtert trat er einen Schritt zurück, als Frau Lohenbach die Tür öffnete und bei seinem Anblick eine Augenbraue fragend hob.
„Ich kam gerade vorbei und habe Ihrem wunderbaren Spiel gelauscht. Kommissar Bloch. Sie erinnern sich?"
Sie erkannte ihn und bat ihn freundlich herein, wobei sie erklärte, was sie da gerade gespielt habe. Der Kommissar wusste, dass er sich den französischen Namen des Komponisten keine fünf Minuten lang würde merken können. Auch die musikalischen Fachbegriffe, die die Harfenistin in einem fort fallen ließ, waren für ihn wie eine Fremdsprache. Wenn er sich nicht ganz täuschte, war ihr sehr wohl bewusst, wie wenig er von ihren Ausführungen verstand, und sie kostete ihre Überlegenheit eine Weile aus, bevor sie mit einem gönnerhaften Lächeln sagte: „Sie sind aber bestimmt nicht gekommen, um mit mir über Boieldieus Concerto für Harfe zu plaudern, Herr Kommissar."
„Da haben Sie ganz recht", der Kommissar räusperte sich. „Eigentlich wollte ich Sie fragen, wo Sie vorgestern Abend waren."
Konstanze Lohenbach hob wieder die Augenbraue. Dann strich sie sich mit einer langsamen Bewegung das rote Haar aus der Stirn und sagte mit träumerischer Stimme: „Vorgestern Abend? Das kann ich Ihnen sagen. Da habe ich musiziert. Bei einer Aufführung des Weihnachtsoratoriums von Bach, alle sechs Kantaten – es ging den ganzen Abend lang. Ein phänomenaler Abend, wenn ich das so sagen darf. Die Solisten waren herausragend, besonders der Bass. Die Instrumentalisten waren alle erstklassig. So gut habe ich den Part der Oboen noch nie spielen gehört. Und ich selbst", sie

lachte ein kurzes, helles Lachen, „habe nicht wenige Komplimente bekommen. Ich trug ein feuerrotes Kleid ..."
„Interessante Wortwahl", warf der Kommissar ein. „Ich fürchte, ich muss Sie nun doch bitten, mit aufs Revier zu kommen." Er verstand zwar nicht viel von Musik, aber das Weihnachtsoratorium hatte er schon mehrmals gehört und so fiel ihm auf, dass ihn die Musikerin gehörig auf die Schippe nehmen wollte. – Was kam ihm gleich verdächtig vor?

Die gestohlenen Krippenfiguren

Früh um halb fünf kam der Notruf aus dem Kunstgeschichtlichen Museum. Harald Bloch und sein Kollege Jaschke hatten Dienst und rasten mit Blaulicht zum Museum. Draußen kündeten große Plakate die Sonderausstellung mit historischen Krippenmotiven an. Am Eingang wurden sie vom Wachmann empfangen. Er war klein, glatzköpfig, ein wenig rundlich und ziemlich blass um die Nase.

„Gut, dass Sie so schnell gekommen sind“, empfing er die Beamten mit einem Redeschwall. „Die Einbrecher sind in der Sonderausstellung und stehlen ausgerechnet die wertvollen katalanischen Krippenfiguren. Bei uns wurde noch nie eingebrochen. Ich bin ganz aufgeregt, bitte entschuldigen Sie! Hoffentlich hab ich alles richtig gemacht.“

Jaschke beruhigte den Mann und ließ sich berichten, was geschehen war. Der Wachmann hatte in seinem Dienstzimmer um viertel nach vier auf den Bildschirmen der Überwachungskameras gesehen, wie drei Männer durch ein Fenster in den größten Raum der aktuellen Sonderausstellung stiegen. Eigentlich hätte da schon der Alarm losgehen müssen, aber offensichtlich hatten sie den ausschalten können. Der Wachmann konnte erkennen, dass sie bewaffnet waren. Er wartete keine Sekunde, sondern lief, sobald er die drei durchs Fenster kommen sah, mit den Schlüsseln durch das ganze Museum – ein Weg von ungefähr zehn Minuten, er sei leider nicht der Schnellste –, um die Tür des Raumes zu verschließen, sodass die Einbrecher nicht herauskamen. Danach habe er sofort die Polizei gerufen.

„Ich hoffe, das war richtig so. Sehen Sie, die drei hatten Schusswaffen. Ich habe nur diesen lächerlichen kleinen Schlagstock. Die hätten mich umgelegt."

Jaschke und Bloch gingen ins Museum, ließen sich die fragliche Tür zeigen und verschafften sich Zutritt. Wie zu erwarten, waren die Diebe wieder durch das Fenster verschwunden. Bloch sah sich um. Eine Vitrine war komplett ausgeräumt. An einem Schildchen daneben stand: „Krippe aus der Werkstatt von Ramon Amadeu, Katalonien, um 1790". In den anderen Vitrinen standen Krippenfiguren aus Sizilien, eine kleine spätmittelalterliche Krippe mit Ochse, Esel, Jesuskind und Maria und sogar prächtige, teilweise vergoldete Krippenfiguren aus Meißner Porzellan.

„Das ist ja interessant", meinte Kommissar Bloch. Ihm wurde unerwartet heimelig zumute und er nahm sich vor, an diesem Abend das Räuchermännchen räuchern zu lassen.

„Sie hätten nicht erst den Notruf absetzen und danach die Tür verriegeln können?", fragte Jaschke streng.

„Ich war zu aufgeregt", sagte der Wachmann. „Und ich wollte verhindern, dass sie in weitere Räume eindringen."

„Können Sie uns die Aufnahmen der Überwachungskamera zur Verfügung stellen?", fragte Jaschke weiter.

„Aber natürlich! Kommen Sie gerne mit."
„Sie haben die Aufnahmen bisher noch nicht angesehen, richtig?", vergewisserte sich Bloch.
„Nein, nein, ich stand ja die ganze Zeit unten an der Tür und habe auf Sie gewartet."
Harald Bloch seufzte kurz auf. „Ich fürchte, wir müssen Sie mit aufs Revier nehmen. Sie stecken ganz klar mit den Dieben unter einer Decke."
Wie kommt der Kommissar darauf?

Ein seltsamer Heiliger

In eins der neuen Einfamilienhäuser am See war eingebrochen worden. Mehrere Computer, ein nagelneues Rennrad, die komplette Skiausrüstung und die Whiskey-Sammlung der Familie Weiß waren gestohlen worden. Der wertvollste Gegenstand im Haus, eine Lithografie eines bekannten Leipziger Malers, hatte die Einbrecher nicht interessiert. Aber natürlich hatten sie auf der Suche nach Wertgegenständen das ganze Haus verwüstet.

Erste Spuren führten zu einer Bande, die in der Vergangenheit immer wieder durch ähnliche Einbrüche aufgefallen war. Die meisten Bandenmitglieder saßen derzeit im Gefängnis, aber der achtzehnjährige Justin Hoffmann war auf freiem Fuß und konnte verhört werden.

Schlacksig, pickelig und mit abwehrendem Gesichtsausdruck saß er vor Kommissar Bloch, der ein ganz ähnliches Exemplar in Form seines Sohnes Benjamin zu Hause hatte. Er trug die gleiche Art weißer Turnschuhe und etwas zu kurze Hosen wie sein Sohn. Seltsame Mode, fand Bloch. Obwohl er selbst Vater war, fiel es ihm bei Jugendlichen schwer, den richtigen Ton zu treffen. Man musste sie natürlich siezen, obwohl sich das ganz und gar falsch anfühlte. Und das Allerschlimmste an Jugendlichen: Sie bekamen einfach den Mund nicht auf. Harry Bloch, der die einsilbi-

gen Antworten seines Sohnes gewöhnt war, seufzte innerlich auf, ehe er die erste Frage stellte: „Wo waren Sie am Vormittag des 20. Dezember?"
„Weiß nicht."
„Sie wissen nicht mehr, was Sie gestern gemacht haben? Am Sonntagmorgen?"
„Ach so."
„Was meinen Sie mit ‚Ach so'?"
„Wusste ich doch nicht, dass gestern der 20. war."
Harry Bloch atmete tief ein und zählte langsam bis fünf. Das konnte ja heiter werden. Dem würde er jedes Wort einzeln aus der Nase ziehen müssen.
„Gestern war Sonntag, der 20. Dezember. Der vierte Advent. Was haben Sie da am Vormittag gemacht?"
„Kirche."
Der Kommissar glaubte, sich verhört zu haben. „Sie waren im Gottesdienst?"
„Hm."
„Bitte in ganzen Sätzen!" Wieso klang er jetzt wie ein Lehrer? „In welcher Kirche waren Sie und ab wie viel Uhr?"
„Nein, na ja, ich war nicht direkt in der Kirche. Ich wollte hin, aber ... äh ... ich kam zu spät. Da waren die anderen schon weg."
„Welche anderen?"
„Die anderen Sternsinger. Ich hatte halt die Verkleidung an vom König Baltasar, aber ich hab da zu lange gebraucht fürs Kostüm. Und da waren die anderen Könige schon losgegangen, als ich zum Treffpunkt kam."
„Sie sind also einer der Heiligen Drei Könige? Sehr löblich. Das haben Sie sicher auch als Kind schon gemacht, oder?"
„Ja klar. War auch bei den Ministranten, früher mal."
„Ach so, verstehe. Das scheint aber wirklich schon ein

paar Jahre her zu sein“, meinte Kommissar Bloch mit ausdruckslosem Gesicht. „Ein paar Stichpunkte haben Sie sich anscheinend gemerkt, aber Wesentliches vergessen. Und jetzt erzählen Sie mir bitte, was Sie am Sonntagvormittag wirklich gemacht haben.“
Wieso glaubt der Kommissar Justin nicht?

Der Engel hinterm Gartenzaun

Die Adventszusammenkünfte im Hause der Armgard von Braun waren legendär. Jedes Jahr lud sie an einem Abend im Dezember ausgesuchte Gäste zur Feuerzangenbowle in ihr Haus. Dort traf sich dann eine illustre Runde von Kulturschaffenden aller Art: Künstler, Galeristen, Theaterleute. Es wurde Kammermusik und später Swing gespielt, die Feuerzangenbowle floss in Strömen und manchmal berichtete sogar die lokale Presse davon.

In diesem Jahr allerdings störte ein unschönes Ereignis den glanzvollen Abend. Kurz nach 22 Uhr wurde entdeckt, dass eine Skulptur aus dem Schlafzimmer der Armgard von Braun fehlte. Sofort begann eine fieberhafte Suche, die sich erst aufs Haus, später auch auf den Garten erstreckte. Schließlich wurde die Skulptur knapp hinter dem Gartenzaun entdeckt. Der Dieb musste sie über den Zaun geworfen haben, um sie später von der Straßenseite aus mitzunehmen. Es handelte sich um einen Erzengel Gabriel; die moderne Bronzeskulptur mit 24-Karat-Goldauflage stammte von einer gefeierten Bildhauerin.

Armgard von Braun war überglücklich, dass der Erzengel wieder aufgetaucht war, aber die Stimmung war erheblich gestört. Sollte der Abend in Misstrauen enden? Welcher ihrer Gäste war der Dieb? In diesem Jahr befand sich erstmals auch Kommissar Blochs Schwager Ottmar unter den Gästen, der eine kleine, aber feine Galerie betrieb. Er hatte die rettende Idee, wie in einer Art Detektivspiel seinen Schwager einzuladen, damit er die Gäste befragen konnte. Das wäre für die meisten Gäste – bis auf den Dieb natürlich – eine zusätzliche Attraktion mit Unterhaltungswert und ein spannender Schluss für den Abend. Frau von Braun stimmte zu und so kam es, dass Harry Bloch sich eine halbe Stunde vor Mitternacht auf den Weg in das Villenviertel westlich des Stadtzentrums machte.

Er nahm den Tatort in Augenschein: Das Schlafzimmer befand sich im zweiten Stock des Hauses. Die Feierlichkeiten hatten sich eigentlich auf das Erdgeschoss beschränkt. Im Garten war wegen der Kälte niemand gewesen. Hier war es vollkommen dunkel; kitschige Lichterketten oder blinkende Rentiere suchte man vergebens. Wer rauchen musste, ging auf einen Balkon, der sich nicht an der Gartenseite, sondern gegenüber an der Hausfront über dem Eingangsbereich befand. Zur Gartenseite lagen die Fenster des großen Salons, des Musikzimmers und der Küche.

Im Schlafzimmer fand der Kommissar keine verwertbaren Hinweise. Er sah sich um: ein Raum voller Seidenkissen und weißer Möbel. An den Wänden hingen moderne Lithografien. „Wo hat denn die Skulptur gestanden?“, fragte er. Frau von Braun wies auf das Nachttischchen, das am Kopfende des Bettes stand. „Der Engel wachte sozusagen über meinen Schlaf.“

Der Garten war wegen des Regens der vergangenen Tage aufgeweicht und voller Spuren, die aber vor allem bei der Suchaktion nach der Skulptur entstanden waren. Kommissar Bloch befragte in einem kleinen Zimmer, das Frau von Brauns Bibliothek enthielt, die Gäste einzeln. Die meisten

hatten gar nichts bemerkt oder gaben höchstens an, diesen oder jenen Gast zwischendurch länger nicht gesehen zu haben. Bei fast dreißig Gästen konnte man natürlich auch mal den Überblick verlieren.
Gleich mehreren Gästen war aber aufgefallen, dass der Theaterintendant Rastorf sehr häufig verschwunden war. Rastorf gab zu, dass er mehrmals auf dem Balkon zum Rauchen gewesen war. Im neuen Jahr wollte er sich das Rauchen abgewöhnen und bis dahin sein Laster noch in vollen Zügen genießen. Er selbst hatte aber einmal gesehen, wie Edgar Hildebrand, der Ausstatter des Theaters, das Haus verließ, allerdings nicht in den Garten, sondern zur Haustür hinaus. Das mochte so gegen neun Uhr gewesen sein. Hildebrand erklärte, er habe nach seinem Hund sehen wollen, den er nicht zu Hause habe lassen können und der im Auto auf ihn warte. Übrigens würde er jetzt gern gehen; seinen Hund könne er nun wirklich nicht ewig warten lassen. Der müsse noch mal raus. Bevor er ging, fiel ihm noch ein, dass die Kuratorin des Kunstmuseums, Julia Enzinger, einmal auffällig lang im Flur telefoniert habe. Frau Enzinger gab an, dass sie nur ihrer kleinen Tochter per Telefon eine Gute-Nacht-Geschichte erzählt habe. Die wäre sonst mit Sicherheit nicht eingeschlafen. Ihr selbst war aber aufgefallen, dass der Maler Max Simon einmal weit hinten im Garten herumgeschlichen sei. Das sei so gegen halb zehn gewesen. Sie habe gerade im Salon der Musik gelauscht und durch das große Fenster in den Garten geblickt. Max Simon sagte aus, er sei zwar zweimal zum Rauchen draußen gewesen, aber nicht im Garten, sondern vor dem Haus. Dort habe er zufällig Edgar Hildebrand getroffen und sie hätten ein sehr interessantes Gespräch über Hundeerziehung geführt. Eine Theatersouf-

fleuse war nicht vernehmungsfähig. Sie kicherte nur albern und war eindeutig angetrunken. Kommissar Bloch winkte ab. Er hatte genug gehört und da er sich sowieso nicht im Dienst befand, bat er um ein Glas Feuerzangenbowle, das ihm Frau von Braun gern brachte.
„Wissen Sie denn nun, wer es war?“, fragte sie und alle Gäste hielten gespannt den Atem an.
„Ich habe einen sehr starken Verdacht“, sagte Bloch. „Zumindest hat eine Person ganz eindeutig eine Falschaussage gemacht.“
Um welche Person handelt es sich?

Der fliegende Christbaum

Es war einer der kuriosesten Unglücksfälle mit Todesfolge, von denen Harry Bloch jemals gehört hatte. Kurz vor Weihnachten war ein Passant in der Wilhelm-Harkort-Straße von einem Christbaum erschlagen worden, der im hohen Bogen aus einem der Fenster geflogen war. Es gab einen einzigen Augenzeugen, der aber halb blind war. Der alte Herr hatte zwar den Christbaum fliegen sehen, konnte aber beim besten Willen nicht sagen, aus welchem Stockwerk er gekommen war. Das Seltsamste an der ganzen Geschichte war aber, dass der Christbaum bereits voll geschmückt war und mitsamt dem Baumständer auf die Straße flog. Dieser Ständer aus schwerem Gusseisen war auch schuld am Tod des Passanten.

Kommissar Bloch stand vor dem Haus mit der Nummer 27 und blickte hinauf. Er zählte vier Etagen. Fünf, wenn man das Erdgeschoss mitzählte. Der Leichnam war bereits abtransportiert. Ein Kreideumriss markierte, wo er gelegen hatte. Der Baum lag noch da. Nachher würde der Kommissar ihn als Beweisstück ins Präsidium mitnehmen müssen. Es war besser, ihn gleich in seinem Dienstwagen zu verstauen. Besonders schön war der Baum wirklich nicht. Unten sehr breit, aber schon ab der Mitte sehr dünn mit nur wenigen Ästen. Aber war das ein Grund, den Baum so

rabiat zu entsorgen? Natürlich, in vielen Familien kochten die Emotionen vor den Feiertagen hoch. Das kannte er aus eigener Erfahrung. Hier war Fingerspitzengefühl gefragt.
Die meisten der bunten Kugeln waren in tausend Scherben zersprungen, aber die Strohsterne und die bunt bemalten Holzengel waren noch heil. Bloch nahm einen der Engel mit, dann klingelte er im Erdgeschoss bei Meyer. Als Frau Meyer die Tür öffnete, strich Bloch sie augenblicklich von der Liste der Verdächtigen. Sie war geschätzt 90 Jahre alt und 1,50 Meter klein. Sie konnte unmöglich einen Weihnachtsbaum heben. Offensichtlich wohnte sie allein. Im ersten Stock öffnete ein etwa zwölfjähriger Junge, der Kaugummi kauend angab, seine Eltern seien bei der Arbeit. Er selbst habe Ferien. Der Kommissar zeigte seine Dienstmarke und fragte, ob er sich kurz den Weihnachtsbaum ansehen dürfte. Der Junge schien beeindruckt und ließ ihn herein. Ganz korrekt war das nicht, so ohne Durchsuchungsbefehl. Aber so ging es besser. Der Weihnachtsbaum stand bereits im Wohnzimmer, war aber noch nicht geschmückt. Eine Blaufichte, wie der Kommissar mit Kennerblick feststellte. Er bedankte sich und stieg in den zweiten Stock.
Dort öffnete ein etwa sechzigjähriger Mann im Unterhemd, das seinen Bierbauch sehr gut zur Geltung brachte. „Ob Sie mal meinen Weihnachtsbaum sehen dürfen? Spinnen Sie?“
Nur mit Mühe gelang es Bloch, den Mann zu beruhigen, und zehn Minuten später hatte er ihn tatsächlich so weit, dass er einen Blick auf den „Weihnachtsstrauß“ werfen durfte: ein paar Tannenzweige in einer Vase. Es hingen ein paar vereinzelte Kugeln und Lamettafäden daran. Insgesamt machte der Strauß einen traurigen Eindruck, und

der Mann hielt es wohl für nötig, sich zu rechtfertigen. „Was soll ich mit einem ganzen Baum für mich allein? Ich bin geschieden. Kontakt zu meinem Sohn hab ich nicht. Mir reicht das so." Tatsächlich wirkte die Wohnung wie die Behausung eines Junggesellen. Allerdings fiel dem Kommissar im Flur eine Frauenhandtasche auf. „Ach ja, die gehört der Daniela", sagte der Mann leichthin, als der Kommissar danach fragte. Sein Tonfall machte deutlich, dass es keine weitere Erklärung geben würde, und so stieg Harald Bloch hinauf in den dritten Stock.
Im dritten Stock öffnete eine Frau von vielleicht Mitte fünfzig. Sie war überaus freundlich und zuvorkommend und bat den Kommissar gleich herein. Er ließ sich gern ins Wohnzimmer bitten, lehnte aber die angebotene Tasse Kaffee ab. Er sah auch so, was er sehen wollte: kein Baum weit und breit.
„Ach so, natürlich haben wir einen Weihnachtsbaum", rief die Frau, als er nachfragte. „Nordmanntanne, zwei Meter fünfzig. Die wird grade so hier hineinpassen. Sie steht noch im Keller." Als der Kommissar skeptisch den Kopf schief legte, holte sie weiter aus. „Wir stellen den Baum erst am Heiligabend auf, wie es Tradition ist. Ich weiß, dass viele das eher machen, aber richtig christlich ist das nicht! So, und damit Sie mir glauben, gehen wir jetzt in den Keller und ich zeige Ihnen unsere Tanne!" Sie stand auf und ging entschlossen in den Flur. Bloch folgte ihr, doch bremste er sie schnell wieder aus. Mit Grausen hatte er an die vielen Stufen gedacht. Und er musste noch in den vierten Stock! „Wissen Sie was? Ich gehe noch rasch zu den Leuten, die über Ihnen wohnen, und auf dem Rückweg komme ich noch mal bei Ihnen vorbei und dann zeigen Sie mir das Prachtexemplar von Nord-

manntanne!“ Die Frau schien sehr einverstanden zu sein. Mit einem Mal spürte der Kommissar, wie schwer seine Beine schon waren. Er wollte sichergehen, dass er nicht umsonst die Treppen zum obersten Stock erklimmen würde, und fragte deshalb: „Meinen Sie, die Leute sind jetzt zu Hause?“

„Die sind immer da“, sagte die Frau leicht resigniert. „Und sie sind schrecklich laut und poltern herum. Vorhin hab ich sie auch schon gehört.“

Der Kommissar machte sich auf den Weg nach oben. Dort machte auf sein Klingeln erst niemand auf. Erst nach dem dritten Mal wurde die Tür schwungvoll von einem jungen Mann mit dunklem Vollbart geöffnet. Die Frage nach einem Weihnachtsbaum verneinte er.

„Wir feiern kein Weihnachten. Wir sind914 strenggläubige Moslems.“

„Verstehe. Darf ich trotzdem kurz reinkommen? Ich bin etwas außer Atem nach den vielen Treppen.“

„Lass den Mann doch herein.“ Hinter dem Bärtigen war plötzlich eine Frau aufgetaucht. Zum Kommissar sagte sie: „Kommen Sie in die Küche. Möchten Sie ein Glas Wasser?“

Der Kommissar folgte ihr bereitwillig. Der Bärtige schloss sich ihnen an. Die Küche war eng. Ein schmaler Tisch mit zwei Stühlen, ein Kühlschrank, Herd, Spüle und ein vollgestopftes Regal waren die einzigen Einrichtungsgegenstände. Auf dem oberen Regalbrett konnte der Kommissar Marmeladengläser, eine Küchenwage, eine halb volle Flasche Rum, eine angebrochene Packung Lebkuchen und einen Stapel Teller ausmachen. Er würde sich so schnell wie möglich verabschieden. – Wer ist dem Kommissar verdächtig?

Festessen in Familie

Harald Bloch versuchte, einen Bericht zu schreiben, doch ihm fehlte die Konzentration. Schräg vor ihm saß sein Kollege Jaschke an seinem Schreibtisch und seufzte wiederholt laut auf. Schließlich gab Bloch auf und fragte: „Was hast du denn?"

„Mich deprimiert das einfach. Immer kurz vor Jahresende diese schwierigen Fälle, die man garantiert mit ins nächste Jahr nimmt. Zum Beispiel das hier." Er wedelte mit einem Vernehmungsprotokoll, über dem er die ganze Zeit gebrütet hatte.

„Die erschlagene alte Dame von gestern?"

Bloch hatte richtig geraten. „Genau die. Ich hab den Enkel vernommen, der den Täter auf der Flucht gesehen hat, aber vom Täter keine Spur." Harald Bloch legte fragend den Kopf schief, was sein Kollege Jaschke als Einladung verstand, ins Detail zu gehen.

„Also, pass auf. Die alte Dame, Frau Dubich, hatte ihre Familie letzten Samstag um zwölf Uhr zum Essen eingeladen. Tochter, Schwiegersohn, Enkel. Sie wohnt in diesem neuen Hochhaus am Bahnhof, wo es einen Portier gibt. Bereits um elf Uhr kam ihr Enkel an, grüßte den Portier, der ihn wohl erkannte, ging nach oben in den ersten Stock, wo Frau Dubich wohnte. Dort fand er die Wohnungstür nur angelehnt. Drinnen brutzelte das

Essen auf dem Herd und die alte Dame lag erschlagen in der Küche. Als er den Raum betrat, sah er den Täter gerade noch durchs Küchenfenster verschwinden. Er konnte ihn kaum beschreiben, hat ihn nur für den Bruchteil einer Sekunde gesehen. Daraufhin rief er die Polizei. Dr. Schramm meint, Frau Dubich ist durch einen Schlag mit einem dumpfen Gegenstand auf den Kopf gestorben. Die Tatwaffe wurde aber nirgends gefunden, weder in der Wohnung noch draußen hinterm Haus, wo der Täter aus dem Fenster gesprungen ist. Auch vom Täter keine verwertbaren Fußspuren. Und jetzt kommt's: Der Portier sagt, er habe an dem Morgen keine fremde Person das Haus betreten sehen.
Der Enkel stand unter Schock, war zunächst nicht vernehmungsfähig. Erst Stunden später konnte er eine Aussage machen. Vor Ort mussten wir fast noch einen Brand verhindern. Auf dem Herd qualmte es bereits aus einem Topf mit angebranntem Rotkohl, daneben standen noch roh die fertig geformten Klöße und zwei Flaschen Rotwein und in der Backröhre schmorte ein riesiger, noch nicht ganz aufgetauter Lachs. Als wir noch alle Hände voll zu tun hatten, kamen die Tochter und der Schwiegersohn an. Na, du kannst dir vorstellen – ein Drama!"
Bloch überlegte. „Der Sohn kam also eine Stunde zu früh zum Essen? Warum?"
„Er sagte, er habe seine Oma schon ewig nicht mehr gesehen und wollte vorher etwas Zeit haben, um mit ihr allein zu quatschen."
„Und vor dem Küchenfenster habt ihr keine Spuren gefunden? Es hat doch kürzlich geregnet."
„Na ja, das ist schon ein paar Tage her. Der Boden war ziemlich trocken."
„Trotzdem. Wer aus dem ersten Stock springt, sollte ir-

gendwelche Spuren hinterlassen. Und bei der Tatwaffe seid ihr sicher?"

„Wir haben die ganze Wohnung auf den Kopf gestellt. Die Laboruntersuchungen haben wir natürlich noch nicht. Aber an der Waffe müssten Haare dran sein und auch Blut, der Kopfwunde nach zu urteilen. Das wäre schon auffällig. Ich denke, der Täter hat die Tatwaffe mitgenommen."

„Oder er hat sie auf ganz geschickte Art entsorgt", sagte Kommissar Bloch mit einem hintergründigen Lächeln. „Vielleicht hattet ihr sie die ganze Zeit vor Augen."

Was meint der Kommissar?

Lösungen

Die Scheiben des Gewächshauses sind von innen beschlagen, können also nicht von außen abgewischt werden.

Die Fensterscheibe wurde nicht von außen eingeschlagen, denn die Scherben liegen nicht im Haus, sondern draußen auf der Terrasse. Vermutlich haben die Fahlbergs den Einbruch vorgetäuscht, um die Versicherung zu betrügen.

Anhand des Herrgottswinkels und des Rosenkranzes ist der Mann als Katholik zu erkennen und gehörte sicher nicht zu einer evangelischen Gemeinde. Außerdem tragen protestantische Pfarrer ein Beffchen nur über dem Talar, also bei Gottesdiensten oder Beerdigungen.

Eleonore Haupt hat den Inhalt der Spritze präpariert. Sie hätte zwar jederzeit die Möglichkeit gehabt, ihre Tante umzubringen, aber dann wäre der Verdacht allein auf sie gefallen. So nutzte sie die Gelegenheit, den Verdacht auf die ungeliebte Schwester zu lenken. Außerdem wusste sie von der Kochsalzlösung – ein Detail, das der Arzt nur gegenüber dem Kommissar erwähnt hat.

5

Wenn die drei Bergsteiger beim Abstieg am sogenannten „laufenden Seil" gegangen sind, kann nicht einer plötzlich abgestürzt sein, sondern er müsste noch am Seil hängen oder hätte die anderen beiden mitgerissen. Außerdem sind die beiden anderen beim Abstieg vom Kleinglockner an der Erzherzog-Johann-Hütte vorbeigekommen. Dort hätten sie sich vor dem Sturm in Sicherheit bringen und bereits die Bergwacht rufen können.

6

Die Attribute, die die Heiligen bei sich tragen, identifizieren sie: Der kleine Turm erinnert an den Turm, in dem die heilige Barbara gefangen gehalten wurde. Der Rost erinnert an das Martyrium durch Verbrennen des hl. Laurentius. Aber der Schuh ist nicht das Attribut des Nikolaus. Bei ihm erinnern häufig drei goldene Kugeln daran, wie er die Armen beschenkte.

7

Der Fehlerstrom-Schutzschalter unterbricht den Stromfluss, wenn der Fön im Bad eingestöpselt in die Wanne fällt. Ein Selbstmord ist auf diese Weise also nicht möglich. Vermutlich hat Paul Gerber den Fön mit einem Verlängerungskabel aus einem anderen Zimmer ins Bad gebracht und ihn seiner nichts ahnenden Frau in die Wanne geworfen.

8

Die Stricknadeln der Witwe. Sie war eher nach Hause gekommen als angegeben und hatte ihren schlafenden Gatten mit einer Stricknadel erstochen.

9

Der Mann hält das Taufbecken für ein Weihwasserbecken, kann also kein Mitarbeiter der Kirche sein.

10

Der Mann im Bademantel war vermutlich der Liebhaber von Frau von Thielbeck. Er war im Bad, als sie den Schrei ausstieß, und nahm an, der Ehemann sei früher als erwartet zurückgekommen.

11

Auf dem Beistelltischchen steht offensichtlich normalerweise das Vogelbauer von Hansi. Wenn der Tod von Herrn Mertens ein Unfall gewesen wäre, dann müsste der Vogel ebenfalls erstickt sein. Frau Mertens, die zwar ihren Mann, aber nicht den Hansi umbringen wollte, hat ihn ins Nebenzimmer gestellt, bevor sie den Ofen anmachte.

12

Er vermutet, dass Richard Möbius seine Frau ermordet und die Leiche im Beton entsorgt hat.

13

Mit dem ehemaligen Küster. Der hat wohl in der Adventszeit seine geliebte „Geburt Jesu“ zu sehr vermisst und sie mit nach Hause genommen. Vielleicht wollte er so auch seinen Ärger darüber ausdrücken, dass immer weniger Menschen in die Kirche kamen.

14

In diesem Moment fiel ihm wieder ein, was Dr. Schramme ihm einst über die Cinnamon Challenge erzählte: Ein Internet-Phänomen, bei dem Menschen versuchen, einen Löffel voll Zimt zu schlucken, ohne etwas zu trinken. Der Zimt trocknet den Mund sofort aus und kann, wenn er eingeatmet wird, allergische Reaktionen oder Lungenentzündungen auslösen. Harald Bloch befürchtet, dass die Challenge gerade wieder unter Jugendlichen kursiert.

15

Nach einem Schuss direkt ins Herz hat der tödlich Verletzte nicht mehr den Namen seines Mörders schreiben können, sondern war sofort tot. Wahrscheinlich hat Torsten den Finger des Toten ins Blut getaucht und den Namen geschrieben, um den Verdacht von sich abzulenken.

16

Wenn ein echter Läufer bei so milden Temperaturen eine so lange Strecke laufen würde, dann würde er keine Daunenjacke tragen. Zum Laufen ist er viel zu dick angezogen.

17

Wenn Strawinsky sein Lieblingskomponist wäre, dann wüsste er, dass die Musik zum „Nussknacker" nicht von ihm, sondern von Tschaikowsky stammt.

18

Die Pralinen, die der rothaarige Detlev Pohl dem Geburtstagskind so erfolgreich untergejubelt hatte, waren vermutlich Schnapspralinen, die extra mit Methylalkohol präpariert waren. Ein heimtückischer Mord also.

19

Bei Bachs Weihnachtsoratorium spielt gar keine Harfe mit.

20

Der Wachmann wusste, dass die Einbrecher es auf die katalanischen Krippenfiguren abgesehen hatten, obwohl er es nicht beobachtet haben kann.

21

Die Sternsinger ziehen erst am 6. Januar los.

22

Julia Enzinger. Als sie am späten Abend durch die Fenster des hell erleuchteten Salons in den dunklen Garten geschaut hatte, in dem es nicht einmal weihnachtliche Lichterketten gab, kann sie nicht weit hinten im Garten eine Person beobachtet haben.

23

Wären die Bewohner des vierten Stock fromme Muslime, dann hätten sie sicher keinen Rum in der Küche.

24

Er meint den gefrorenen Lachs, mit dem der Enkel seine Großmutter erschlagen hat. Zu Klößen, Rotkohl und Rotwein hatte die alte Dame sicher nicht geplant, Fisch zu servieren. Der Portier hat richtig beobachtet, dass kein Fremder ins Haus gekommen war.